आखिरी पन्ना

उपन्यास

हर्ष जैन

redgrabbooks.com

Published By
Redgrab books Pvt. Ltd.
942, Mutthiganj, Prayagraj, 211003
www.redgrabbooks.com
contact@redgrabbooks.com

First published by Redgrab Books in 2022
Copyright © 2022 Redgrab Books Pvt. Ltd

Copyright Text © 2022 Harsh Jain
Printed and bound in India
Cover Design & Typesetting by Redgrab Books team

ISBN : 978-93-90944-65-1

धन्यवाद

पापा मम्मी का जिन्हें यक़ीन है मैं एक दिन कुछ कर दिखाऊँगा। तहे-दिल से शुक्रिया सतीश राज कसिरेड्डी सर का भी, जिन्होंने मुंबई जैसे शहर में मेरा हाथ पकड़ा और लिखने के लिए प्रेरित कर विश्वास दिलाया कि मैं कोशिश करने पर अच्छा लिख सकता हूँ। मैं वादा करता हूँ आपके विश्वास पर खरा उतरूँगा।

भूमिका

2020 में जब लॉकडाउन लगा तो हमें अपनों की क़ीमत समझ आ गयी। हमें अपने आस पास देखने पर यह भी पता चला की हमउम्र साथियों में डिप्रेशन घर करते जा रहा है। शायद इस समस्या को अपनों से बात कर सुलझाया नहीं जा सकता; लेकिन कुछ हद तक मन का बोझ तो हल्का कर ही सकते हैं। वैसे भी आज कल ज़िन्दगी की भाग दौड़ में हम इतने व्यस्त हो गये हैं की दोस्तों के साथ चाय की टपरी पर खड़े होकर हँसी-मज़ाक़ करना, रात को टहलना आदि भूल गये हैं। यह सब प्रोडक्टिव न दिखता हो पर ज़िन्दगी में यह बहुत ज़रूरी हैं। जैसे प्यार के बिना सब कुछ अधूरा है। ख़ासकर किशोर अवस्था का प्यार। जिसकी मात्र याद आने से ही मन प्रफुल्लित हो जाता हैं। कभी व्यस्त ज़िन्दगी के कुछ पल निकालकर उस प्यार के बारे में सोचा हैं? जो असल में हुआ तो किशोर अवस्था में था पर सच्चा था। इस कहानी के मुख्य किरदार वीर और मीरा के सहारे मेरी आपको उसी बचपन में ले जाने की कोशिश हैं, जहाँ सिर्फ़ प्यार सच्चा और बाक़ी सब कुछ झूठा था। जहाँ हम ख़यालों में डूबे रहते थे और रोमाँटिक फ़िल्में हक़ीक़त लगती थी, जहाँ एक उम्र के बाद खेलने वाला गार्डन हमें दूसरी चीज़ों के लिए दिखायी देने लगता है। यह कहानी किशोर अवस्था में हुए उसी मासूम प्यार की हैं जो अधिकांश लोगो को हुआ होगा। अब आपके और किरदारों के बिच में नहीं आऊँगा। आप ही पढ़कर बतायें कि किताब कैसी है।

जय श्री महाकाल !

हर्ष जैन

अनुक्रम

10 जनवरी 2020

अपनी कार की पिछली सीट पर आराम करते हुए देवकी जी इंदौर से उज्जैन आ रही थी। उनकी आँखे बंद थी और मन बैचैन। वह अब तक आधे से ज़्यादा रास्ता पार कर चुकी थी लेकिन उन्हें अभी भी समझ नहीं आ रहा था वह जिससे मिलने जा रही हैं उससे मिलना ठीक भी हैं या नहीं। शायद उन्हें मिल लेना चाहिए या शायद वापस लौट जाना चाहिए लेकिन वह कुछ तय कर पाती इससे पहले ड्राइव ने टोल नाका पार करते हुए कहा, "मैडम उज्जैन आ गया।" देवकी जी ने उसकी बात का कोई जवाब नहीं दिया और पर्स से फ़ोन निकालकर मीरा को कॉल कर दिया।

"हैलो.."

"मीरा मैं पहुँच गयी हूँ, बताओ कहाँ मिले?"

"महाकाल मंदिर।"

"ठीके।"

देवकी जी 15 मिनट में महाकाल मंदिर पहुँच गयी। मीरा भी मंदिर के लिए निकल गयी लेकिन उसे अभी भी समझ नहीं आ रहा था देवकी जी उससे क्यों मिलना चाहती हैं। ख़ैर, दोनों ने साथ में दर्शन किये और गर्भ गृह से निकलकर ऊपर पुराने मंदिर के पास आकर बैठ गये। अब तक दोनों में से किसी ने कुछ नहीं कहा था। फ़िलहाल मीरा का ध्यान प्रसाद खाने में था, या यूँ कहे जानबूझकर उसने अपने आपको उसमें उलझा रखा था। देवकी जी ने अपने हिस्से में से थोड़ा-सा प्रसाद अपने बेटे वीर के लिए बचा लिया था।

"कैसे हो आंटी?" मीरा ने ही हिचकिचाते हुए बात शुरू की।

मीरा के इतना कहते ही देवकी जी इस तरह से फूट-फूटकर रोने लगीं जैसे उन्होंने बहुत देर से अपने आपको रोक रखा हो।

"क्या हुआ आंटी, सब ठीके न?"

"नहीं कुछ ठीक नहीं हैं। मेरा बेटा मेरे पास रहकर भी दूर भी हो गया है। थोड़ी देर पास भी नहीं बैठता है। रात को नींद की दवाई लेके सोता है।" देवकी

जी ने रोते हुए सारी बात बता दी। उनकी बात सुनकर मीरा भी थोड़ी परेशान हो गयी। उसने वीर और उसकी कम्पनी पी.एस. के बारे में अख़बारों में कई बार पढ़ा था कम्पनी आसमान छू रही थी।

"लेकिन मैंने तो अख़बारों में पढ़ा था कि.."

"अख़बारों में सिर्फ़ यंगेस्ट *businessman* वीर के बारे में आता है, मेरे बेटे के बारे में नहीं।" देवकी जी ने मीरा की बात काटते हुए कहा। अख़बारों में बतायी बात पूरी तरह से सच नहीं थी।

मीरा के पास अब कहने के लिए कुछ नहीं था। वह चुप ही रही।

"एक बात कहूँ?"

"बोलिए।"

"मुझे लगता है अगर उसे कोई साथी मिल जाये तो वो शायद पहले जैसे हो सकता है।" देवकी जी ने आख़िर वह बात कह ही दी जिसके लिए वह मीरा से मिलना चाहती थी।

"मैं समझी नहीं।"

"तुम दोनों अगर.."

"सॉरी आंटी मुझसे नहीं हो पायेगा।" मीरा ने बात काटते हुए कहा।

देवकी जी की दोबारा कहने की हिम्मत नहीं हुई।

"मैं चलती हूँ आंटी कुछ और काम होगा तो बताइयेगा।" कहते हुए मीरा ने देवकी जी के पैर छुए और निकल गयी।

देवकी जी की बातों ने मीरा को बहुत बैचैन कर दिया था। आज उसे मंदिर से घर तक का सफ़र भी लम्बा लग रहा था। वह ऑटो में बैठी बस यही सोच रही थी घर कब आयेगा। दो गली बाद ऑटो वाले ने चौराहे से टर्न लिया और 5 मिनट में मीरा का घर दिखने लगा। मीरा ने पहले ही पैसे पर्स में से निकालकर हाथ में रख लिये थे।

"मैडम आ गया।" ऑटो वाले ने पान थूकने के बाद मुँह पोंछते हुए कहा। मीरा ने तुरंत पैसे दिये और मैन गेट खोलकर ड्राइंग रूम से होते हुए अपने कमरे में चली गयी।

हर्ष जैन

"मीरा बेटा खाना खा ले।" पीछे से मीरा की माँ, कल्याणी जी ने आवाज़ लगायी।

"आती हूँ मम्मी।" कहकर मीरा ने अन्दर से अपने रूम की चटकनी लगायी और अलमारी का ताला खोलकर उसमें से एक डायरी निकाली। डायरी के पहले पन्ने पर "वीर" लिखा था। मीरा ने तुरंत पन्ने पलटे और पेन उठाकर लिखने लगी।

10.01.20

"वीर तुम्हारी माँ मुझसे फिर हमें एक साथ होने की बात कह रही थी। लेकिन अब मैं चीज़ों को पीछे छोड़ने की कोशिश कर रही हूँ इसलिए तुम मेरी ज़िन्दगी में फिर से मत आओ। वैसे भी अब हमारे बीच कुछ नहीं है। अब मैं तुमसे प्यार नहीं करती।" लिखकर मीरा ने डायरी बंद की और पुरानी यादों में खो गयी। डायरी ने आज फिर मीरा के आँसू देखे।

2010 जुलाई – 10 वीं कक्षा

क्लास में उड़ते-उड़ते ख़बर फैल गयी कि वीर मीरा को लाइक करता है। (बचपन में लव वर्ड बहुत भारी-भारी लगता था इसलिए लाइक बोला करते थे) मीरा को भी यह बात पता चली लेकिन उसने कुछ रियेक्ट नहीं किया। उसका कुछ न कहना ही वीर के लिए हाँ समान हो गया वर्ना मीरा जिस तरह की लड़की है उस हिसाब से वह वीर को अच्छी ख़ासी सुनाकर आ चुकी होती। पहले कुछ लड़कों ने कोशिश की थी और मीरा ने उन्हें कुत्ते, कमीने, जाहिल जैसे शब्द सुनाकर उनके प्रपोज़ल का मान रखा था।

उधर वीर के दोस्त उससे पार्टी माँगने लगे थे। (दोस्तों को प्यार में नहीं पार्टी में इंटरेस्ट होता है..) वीर के बैग में 50-60 रुपये थे ही तो उसने भी एक-एक बेक समोसा खिलाने के लिए हाँ कर दिया। (पैसे स्कूल की फ़ीस देने के बाद बचे थे।) तो तय यह हुआ की स्कूल से निकलते ही वीर, उमंग और बाक़ी दोस्त सीधा फ़्रीगंज जायेंगे। स्कूल का लास्ट पीरियड चल रहा था। छुट्टी होने में बस अब 15 मिनट ही बचे थे। मैथ्स वाले सर अब भी बोर्ड पर प्रॉब्लम solve कर रहे थे। लेकिन वीर, उमंग और बाक़ी लड़कों को वैसे ही मैथ्स समझ नहीं आता था इसलिए कोशिश करके वह अपना टाइम वेस्ट नहीं करना चाहते थे। वह बैग पैक करके बैठ गये।

"भाई थोड़े ज़्यादा पैसे हो तो माज़ा भी पिला दे न।" उमंग ने वीर को कोहनी मारी।

"साले तूने तो तेरे टाइम पे पार्टी भी नहीं दी थी और मेरे टाइम पे तुझे माज़ा भी याद आ रही है!"

उमंग और छाया ने अपनी क्लास में पहले कपल बनने का रिकॉर्ड बनाया था। इतिहास में कभी 2010 की अतरंगी प्रेम कहानी का ज़िक्र होगा तो उसमें उमंग और छाया का नाम ज़रूर लिखेगा। उमंग वीर का बहुत अच्छा दोस्त है। इतना अच्छा कि लैटर टू बेस्ट फ्रेंड में वीर उमंग का ही नाम लिखता है। उधर उमंग की गर्लफ्रेंड छाया भी मीरा की इतनी ही अच्छी दोस्त है। ख़ैर, घंटी बज गयी। मैथ्स टीचर अब भी लिख रहे थे। लड़के जाने के लिए खड़े हो गये और

हर्ष जैन

लड़कियों ने भी अपना बैग पैक करना शुरू कर दिया। मैथ्स टीचर भी कुछ देर में चले गये लेकिन मीरा अब भी बोर्ड से उतारने में मग्न थी। मीरा को लिखता देख क्लास से भागने को बैचेन वीर ने ख़ुद को रोका। बाक़ी बच्चे धीरे-धीरे जाने लगे लेकिन जिन्हें पार्टी मिलनी थी वह स्पॉंसर के बिना कैसे चले जायें सो वह दरवाज़े पर खड़े होकर वीर के निकलने का इंतज़ार करने लगे। अब लगभग पूरी क्लास ख़ाली हो चुकी थी। लड़कियों में सिर्फ़ मीरा और छाया और लड़कों में वीर और उमंग के अलावा पार्टी की उम्मीद में इंतज़ार कर रहे चंद दोस्त थे, जिन्हें उमंग ने इशारे से ग्राउंड में मिलने को कह दिया। अब बस चारों ही थे।

उमंग और छाया को तो इस मौक़े की कब से तलाश थी लेकिन वीर और मीरा को यह मौक़ा इत्तेफ़ाक़ से मिल गया। मीरा जानबूझकर नहीं रुकी थी लेकिन छाया रुकी थी। उसका तो पढ़ाई में मन ही नहीं लगता था। अब तक मीरा भी अपना काम पूरा कर चुकी थी। जब उसने सर उठाकर नज़र घुमायी तो उसका ध्यान ख़ाली बैंचेस पर गया। उमंग और छाया लास्ट वाली बैंच पर जाकर हाथ पकड़कर बैठे थे। टीचर्स के निकलने का समय 3 बजे का था अभी 2 ही बज रहे थे इसलिए दोनों sure थे थोड़ी देर तक कोई नहीं आयेगा (और शायद ग्राउंड में इंतज़ार कर रहे दोस्त, घर चले जाये) वीर को समझ नहीं आ रहा था वह क्या करे, वह मीरा से बात तो करना चाहता था लेकिन उसकी हिम्मत नहीं हो रही थी।

"मीरा…" वीर ने हिचकिचाते हुए कहा।

"बोलो।" मीरा ने थोड़ा कड़क होकर कहा।

मीरा की आवाज़ सुनते ही वीर की बोलती बंद हो गयी।

"अरे अब बोलेगा का मुहूर्त निकलवा कर लाऊँ।"

"मीरा… एक्चुअली जो बात सब कह रहे हैं ..”

"भाई चल यार सब तेरा इंतज़ार कर रहे हैं।" वीर अपनी बात पूरी कर पाता इससे पहले उसके एक दोस्त ने आकर कहा।

वीर पहले ही घबराया हुआ था वह चुपचाप बैग उठाकर निकल गया। क्लास से निकलने के पहले वह मीरा की तरफ़ देखकर थोड़ा मुस्कुराया। जो मुस्कान कम घबराहट ज़्यादा लग रही थी। जवाब में मीरा मुस्करायी नहीं, बस

घूरकर देखती रही। उमंग भी गुस्से में बड़बड़ाते हुए निकल गया।

"साले भिखारी की औलादों ने मेरा मोमेंट ख़राब कर दिया 7 रुपये के समोसे के लिए रोने वाले लोग। हरामी कहीं के।" उमंग को लग रहा था सब लोग चले गये होंगे लेकिन दोस्त के पैसे से पार्टी मिले तो कौन नहीं रुकेगा।

फ़्रीगंज में दोस्तों को पार्टी देने के बाद वीर और उमंग घर लौट रहे थे। दोनों अपनी-अपनी साइकिल पर थे। लेकिन वीर हर बार की तरह साइकिल चलाते हुए उमंग से बात नहीं कर रहा था बल्कि चुप था।

"भाई ज़्यादा पैसे ख़र्च हो गये तो आधे मुझसे ले लेना लेकिन ऐसे चुप तो मत रह।" उमंग ने छेड़ते हुए कहा।

वह वीर से थोड़ा पीछे था। वीर ने कोई जवाब नहीं दिया शायद उसे बात सुनायी ही नहीं आयी। उमंग उसके और पास आ गया। अब पतली सड़क को घेरे दोनों साथ-साथ चलने लगे।

"भाई मुझे नहीं लगता मीरा ने हाँ की, वो तो मुझे घूरकर देख रही थी यार।" वीर ने अपनी परेशानी बतायी।

"इतनी सी बात, अरे शाम को कन्फ़र्म कर लेंगे तू इसकी चिंता मत कर।" उमंग ने इस तरह से कहा जैसे मामला उसी के हाथ में हो। वैसे भी उमंग की ख़ासियात है कि उसके पास हर चीज़ का solution होता है फिर चाहे उससे प्रॉब्लम solve हो या नहीं।

"साले ऐसे टाइम पर भी मजे ले रहा है।" वीर ने इस तरह से कहा जैसे यह जीने-मरने का सवाल हो और वह थोड़ा तेज़ pedal मारकर आगे बढ़ गया।

"अरे कॉपी लेने के बहाने चलेंगे, बाक़ी मुझ पर छोड़ दे सब कर लूँगा।" उमंग भी तेज़ी से pedal मारकर उसके पास पहुँचा।

"ठीके बाय।" कहते हुए वीर अपने घर के लिए दूसरी गली में मुड़ गया।

घर आते ही वह सीधा अपने कमरे में गया और धीरे से अलमारी खोलकर कपड़े निकालने लगा।

वीर की माँ देवकी जी सो रही थी इस बात का फ़ायदा उठाकर वीर ने बाहर पहनने वाले कपड़े निकाल लिये और तैयार होने लगा। वैसे उसे जाना तो शाम

हर्ष जैन

को था पर उससे रहा नहीं गया इसलिए वह अभी से निकल गया। लेकिन जैसे ही उसने बाहर वाला दरवाज़ा खोला पीछे से आवाज़ आयी।

"कहाँ जा रहा है?" देवकी जी बिस्तर पर ही लेटी हुई थी।

"उमंग के घर जा रहा हूँ पढ़ाई करने।" वीर ने इस तरह से कहा जैसे उसने पहले से ही बहाना सोच रखा हो।

"खाना तो खाकर जा।"

देवकी जी की आँख बंद थी इसलिए उन्होंने कपड़ों के बारे में कुछ नहीं कहा। वीर को भी इस बात का डर था। कपड़ों को लिए उसने कोई बहाना नहीं सोचा था।

"भूख नहीं हैं, आकर खाऊँगा।" बोलते हुए वीर बाहर आ गया और देवकी जी कुछ कहती इससे पहले ही वह साइकिल भगाते हुए निकल गया।

उमंग के घर-

"भाई मुझे तो डर लग रहा है वो पता नहीं क्या कहेगी। कही कल उसने सबके सामने बेइज़्ज़ती कर दी तो, और अगर क्लास टीचर से बोल के सीधा suspend करवा दिया तो। मैडम कहीं मम्मी पापा को नहीं बुला ले यार सालों में बनाई इज़्ज़त मिट्टी में मिल जायेगी।" वीर ने सारी बात उमंग से एक साँस में बता दी।

"टेंशन मत ले मैंने छाया को पहले ही वहाँ भेज दिया हैं वो सब सँभाल लेगी।" उमंग ने इस तरह से कहा जैसे भगवान कृष्ण के बाद धरती पर मुसीबतों का हल निकालने के लिए बस अब वही हैं।

वीर ने इस नक़ली कृष्णा पर विश्वास कर राहत की साँस ली। थोड़ी देर बाद दोनों अपनी-अपनी साइकिल उठाकर मीरा के घर के लिए निकल गये। मीरा का घर उमंग के घर से पास ही था सो दोनों 5 मिनट में पहुँच गये। उमंग ने साइड में साइकिल खड़ी की और मीरा के घर के मैन गेट के सामने जाकर खड़े हो गया। वीर की साइकिल से उतरने की हिम्मत नहीं हो रही थी उसके तो हाथ काँप रहे थे और मुँह से तो जैसे आवाज़ निकलना ही बंद हो गयी थी।

"नीचे उतर।"

"नहीं।"

"देख तू कृष्ण का दोस्त हैं। राक्षसों के बेटे जैसी हरकत मत कर।"

वीर इस बात पर हँसना तो चाहता था लेकिन उसे हँसी नहीं आयी। वह चुपचाप उमंग के पास आकर खड़ा हो गया।

"मीरा... मीरा.." उमंग ने आवाज़ लगायीं।

दो तीन आवाज़ लगाने के बाद मीरा बाहर आयी, उसके साथ छाया भी थी। छाया को देखते ही उमंग मुस्कुराने लगा और दोनों की इशारों में बात होने लगी।

"बाहर क्यों खड़े हो, अन्दर आओ।" मीरा ने हाथ से इशारा करते हुए बोला। चारों अन्दर चले गये।

मीरा के कमरे में उन चारों के अलावा कोई और भी था, मीरा का छोटा भाई भावेश। जो वीर से भैया-भैया करते हुए चिपक गया।

उमंग ने इशारे से कहा, "होने वाला साला है तेरा।"

बचपन में लड़का/लड़की के हाँ बोलने के पहले ही उनके भाई-बहनों से हम रिश्ता बना लेते थे। कुछ देर तक चारों इधर-उधर की बात करते रहे, लेकिन फिर वीर से रहा नहीं गया। उसने इशारा किया, "main बात कर यार।"

उमंग ने छाया को इशारा किया।

"मीरा वीर कुछ कहना चाहता है।" छाया ने मुस्कुराते हुए मीरा को इशारा किया।

छाया मीरा को वीर की तरफ़ से पहले ही समझा चुकी थी कि वीर अच्छा लड़का हैं, पढ़ाई में भी ठीक-ठाक है और दिखने में भी अच्छा है। छाया की बात सुनने के बाद मीरा जो वीर को लेकर पहले सिर्फ़ 40 परसेंट sure थी, अब 100 परसेंट sure हो चुकी थी। कई बार अपने मन की बात हम किसी और से सुनना चाहते हैं।

"मीरा... वो.. actually मतलब.."

वीर अपनी बात पूरी कर पता इससे पहले मीरा ने कहा, "मेरी हाँ है।"

"सच कह रही हो?" वीर ने अपने को सँभालते हुए कहा। जवाब में मीरा

हर्ष जैन

मुस्कुरा दी। वीर ख़ुशी से उछल पड़ा।

"अच्छा मैं चलता हूँ, मुझे मैथ्स की कॉपी दे दो। actually हिंदी की भी दे दो।" वीर खड़ा हो गया। इतनी ख़ुशी उससे सँभाली नहीं जा रही थी। उसके पाँव दौड़ लगाने के लिए मचल रहे थे। लम्बी दौड़।

"अच्छा सिर्फ़ मैथ्स की ही दे दो।" वीर ने आपने आप को सँभालते हुए कहा।

वीर के लिए ख़ुद को नॉर्मल दिखाना मुश्किल हो रहा था। उसकी हरकतों को देखकर मीरा को हँसी आ गयी। वीर पहले ही दिन अपनी बेइज़्ज़ती नहीं करवाना चाहता था। वह तुरंत मीरा से मैथ्स की कॉपी लेकर चला गया, उमंग भी मुस्कुराते हुए उसके साथ निकल गया। उनके जाते ही छाया ने मीरा को गले मिलकर बधाई दी। दोनों दीदी को इतना मुस्कुराते देख, भावेश भी अपनी दीदी के गले लग गया।

आज वीर बहुत ख़ुश था, इतना की साइकिल चलाते हुए कब वह बहुत दूर निकल गया उसे पता ही नहीं चला। हालाँकि उमंग ने उसे रोकने की कोशिश की थी लेकिन वीर अपने ख़यालों में खोया हुआ था। उसने मीरा की कॉपी पीछे साइकिल के कैरियर में नहीं बल्कि अपनी शर्ट के अन्दर सीने से चिपकाकर रखी थी।

और... ऐसे शुरू हुई वीर और मीरा की (प्रेम) कहानी।

25 फ़रवरी 2012 – farewell

आज के दिन के लिए मीरा ने पहले से ही सोच रखा था की वह क्या पहनेगी। वीर ने भी आज के लिए उमंग का कोट उधार ले लिया था। उमंग के पास दो थे इसलिए उसने दे दिया शायद दो नहीं होते तो भी दे देता। मीरा और छाया साथ तैयार हो रही थी। दोनों ने पहनने के लिए अपनी माँ की कुछ साड़ियों में से एक साड़ी चुनी थी। अब तक मीरा छाया का मेकअप कर चुकी थी। अब छाया मीरा का मेकअप कर रही थी। चूँकि दोनों लड़कियों ने साथ तैयार होने का फ़ैसला किया था इसलिए दोनों लड़कों ने भी वीर के घर पर साथ तैयार होने का फ़ैसला किया। हालाँकि लड़कों को करना कुछ नहीं होता बस बदन पर कपड़े डालकर बाल ज़माने होते हैं। (कई बार तो वह भी नहीं जमाते)

वीर और उमंग पहले ही तैयार हो चुके थे और आराम से बैठकर बातें रहे थे। देवकी जी ने दोनों के लिए नाश्ता लाकर रख दिया था। दोनों दोस्तों ने तय किया था की 9 बजते ही घर से निकल जायेंगे। 9 बज चुकी थी। उमंग चाय पी चुका था और काँच में ख़ुद को देखकर स्टाइल मार रहा था। वीर ने भी प्लेट के पोहे ख़त्म कर के एक घूँट में चाय ख़त्म की और जाने के लिए खड़ा हो गया। आज बैग नहीं ले जाना था इसलिए दोनों के लिए स्टाइल मारना और आसान हो गया। उमंग अब भी काँच के सामने खड़े होकर पोज़ दे रहा था। वीर ने पीछे से आकर धीरे से उसके सिर पर मारा और हाथ पकड़कर बाहर खीच लाया।

"क्या यार तूने पूरा लुक बिगाड़ दिया।" उमंग ने बाल ठीक करते हुए कहा।

"हाँ जैसे तू तो शाहरुख़ ख़ान हैं, चल बैठ अब।" वीर ने साइकिल की तरफ़ इशारा किया।

साइकिल पर बैठने के बाद उमंग ने फिर से अपने बालों में हाथ फेरा। वीर भी अपनी साइकिल पर बैठा और दोनों निकल गये।

वैसे तो दोनों को जाना तो सीधे स्कूल चाहिए लेकिन वो मीरा के घर की तरफ़ चले गये। आख़िर उन दोनों को ही देखने का मन कर रहा था।

“भाई साड़ी में मीरा कितनी सुन्दर लगेगी न।” वीर ने मीरा को साड़ी में imagine करते हुए कहा।

“सुन्दर तो छाया लगेगी यार, एकदम कटरीना कैफ़।” उमंग ने मन में कहा फिर वीर की तरफ़ देखते हुए कहा, “हाँ भाई सही कह रहा है।”

दोनों ने मीरा के घर के 4-5 राउंड मारे लेकिन न मीरा दिखी न छाया। आख़िर दोनों को स्कूल में देख लेंगे की तस्सली के साथ ही लौटना पड़ा।

10 बजे -

सारी लड़कियाँ साड़ी पहनकर आयी थी और सारे लड़के कोट-पेंट। लड़कियाँ एक दूसरे की तारीफ़ कर रही थी (बीच-बीच में मेकअप, टच-अप भी) और लड़के एक दूसरे का मज़ाक़ उड़ा रहे थे। (लड़के तारीफ़ नहीं करते मज़ाक़ उड़ाते हैं। अगर कोई दोस्त गाली न देकर सीधे तारीफ़ कर रहा है तो वह दोस्त कहलाने लायक़ नहीं हैं।) 12th क्लास ऊपर सेकण्ड फ़्लोर पर थी। नीचे जाने का टाइम हो गया था अब सभी लोग धीरे-धीरे नीचे उतरने लगे थे।

“मीरा।” वीर ने धीरे से आवाज़ लगायीं।

“हम्म।” मीरा रुक गयी।

क्लास के लड़के वीर को आँख मारते हुए निकल गये और क्लास ख़ाली हो गयी।

“बहोत अच्छी लग रही हो।” वीर ने मीरा की आँखों में देखते हुए कहा।

ब्लैक कलर की साड़ी में मीरा सच में बहुत ख़ूबसूरत लग रही थी। वीर ने भी ब्लैक कलर का कोट पहना हुआ था। मन ही मन यह बात सोचकर वह बहुत ख़ुश था कि दोनों ने मैचिंग कपड़े पहने हैं।

“थैंक यू।” कहकर मीरा जाने लगी।

“रुको।”

वीर उसकी तरफ़ बढ़ने लगा। मीरा को वीर के इरादे ठीक नहीं लगे। वह एकदम घबरा गयी।

“वीर देखो ये क्लास हैं मैं यहाँ ऐसा कुछ नहीं चाहती और..”

मीरा आगे कुछ कह पाती इससे पहले वीर ने उसके कंधे पर हाथ रख

दिया। मीरा के पूरे शरीर में झुनझुनी दौड़ गयी। वीर ने जेब से फ़ोन निकाला और दोनों की फ़ोटो ली। फ़ोटो में भी मीरा की घबराहट साफ़ पता चल रही थी। वीर ने धीरे से हाथ हटाया और मुस्कुराते हुए नीचे चला गया। उसके जाते ही मीरा ने राहत की साँस ली और face डेब करते हुए ग्राउंड में चली गयी।

ग्राउंड में आने के बाद वीर ने उमंग को चारों तरफ़ ढूँढ़ा लेकिन वह कई दिखायी नहीं दिया। छाया भी क्लास की लड़कियों के बीच दिखायी नहीं दे रही थी। वीर समझ गया दोनों साथ ही हैं। अब तक सारी क्लास ख़ाली हो चुकी थी। उमंग को पता था प्रोग्राम 11 बजे के पहले शुरू नहीं होगा। वह चुपके से छाया को कोने वाली क्लास में लेकर चला गया। अब आगे बताने की ज़रूरत नहीं हैं दोनों क्या कर रहे थे हाँ यह बात पक्की हैं दोनों भजिये तो नहीं तल रहे थे।

छाया ने रुमाल से होंठ पोंछते हुए कहा, "पूरी लिपस्टिक ख़राब कर दी।"

"मुझे पहले से पता था तुम्हारी लिपस्टिक बिगड़ेगी।" उमंग ने मुस्कुराते हुए जेब से (डार्क) रेड कलर की लिपस्टिक निकाली।

"अब स्कूल में थोड़ी कुछ करने मिलेगा इसलिए पूरी तैयारी के साथ आया था।" उमंग ने स्टाइल मारते हुए कहा।

दोनों फिर लिपट गये।

छाया को पकड़ा जाने का डर था इसलिए प्रोग्राम शुरू होने के ठीक पहले दोनों ग्राउंड में चले गये। ग्राउंड में एक तरफ़ सारे लड़के खड़े थे और एक तरफ़ सारी लड़कियाँ। वीर लाइन में चौथे नंबर पर खड़ा था और वहाँ से भी मीरा को ही देखे जा रहा था उसी वक़्त प्रिंसिपल सर स्टेज पर आ गये। उनके आते ही सभी बच्चे तालियाँ बजाने लगे। तालियों की गड़गड़ाहट से वीर की तन्द्रा टूटी और वह भी स्टेज की तरफ़ देखने लगा। प्रिंसिपल सर ने अपनी स्पीच शुरू की।

"बच्चों अब तुम यहाँ से चले जाओगे और यहाँ से जाने के बाद अपने सपनों के लिए मेहनत करना शुरू करोगे, आगे बढ़ोगे तब तुम्हें पता चलेगा स्कूल की किताबों का बोझ, ज़िम्मेदारियों के बोझ से कई हल्का था और यहाँ एग्ज़ाम में पूछे गये सवाल जिन्हें तुम आउट ऑफ़ कोर्स बताते थे उनके answer बताने के लिए टीचर होते हैं लेकिन बाहर ज़िन्दगी में पूछे जाने वाले सवाल के जवाब तुम्हें ख़ुद ही ढूँढ़ने पड़ेंगे और जवाब न मिलने पर मार्क्स नहीं कटेंगे, तुम ख़ुद

हर्ष जैन

गिर पड़ोगे।"

प्रिंसिपल सर की स्पीच में किसी को इंटरेस्ट नहीं था वह आगे बोलते इससे पहले पीछे खड़े लड़कों ने ताली बजाना शुरू कर दी। प्रिंसिपल सर ने इशारे से मुस्कुराते हुए रोकने की कोशिश की लेकिन तालियों की आवाज़ और बढ़ गयी। अंत में थैंक यू बोलकर प्रिंसिपल सर को उतरना ही पड़ा। अब 12th क्लास टीचर सुष्मिता जी की बारी थी। सुष्मिता जी के स्टेज पर आते ही सब चुप हो गये। यह सबकी favourite टीचर थी, कई बच्चों की क्रश भी। (बताने की ज़रूरत नहीं यह बहुत यंग हैं) 12th के बच्चों की वह लगातार दो साल से क्लास टीचर थी। यह decision स्कूल ने नहीं लिया था बल्कि बच्चों ने दबाव बनाया था।

"मेरे बच्चों ये क्लास अब तक की सबसे अच्छी क्लास रही हैं। मेरे लिए यक़ीन करना थोड़ा मुश्किल हैं जिन बच्चों की मैं दो साल तक क्लास टीचर थी वो अब चले जायेंगे। ख़ैर, प्रिंसिपल सर ने जो बात कही वह सही हैं लेकिन दो चीज़े हमेशा याद रखना। पहली हमेशा अपने पैशन को follow करना जो दिल कहे वही करना और दूसरी, ज़िंदगी से कभी हँसी मज़ाक़ को कम मत होने देना। चलो अब टाइम waste नहीं करते हैं और एन्जॉय करते हैं।"

सुष्मिता के स्टेज से उतरते ही बच्चों ने बहुत ज़ोर-ज़ोर से तालियाँ बजायी। पहले बजायी गयी ताली और अभी वाली में फ़र्क़ था। गाने बजने लगे। शुरूआत "इश्क़ वाला लव" से हुई जिसके बजने से प्रिंसिपल ख़ुश नहीं थे लेकिन आज किसी को उनको ख़ुश करने का मूड भी नहीं था। सभी बच्चों ने डांस किया और गेम्स खेले। वीर को डांस नहीं आता था उसने मीरा का पूरा डांस फ़ोन में रिकॉर्ड किया। इधर एक तरफ़ कोने में कुछ लड़कों ने देसी डांस करना शुरू कर दिया था। जिसमें उमंग भी शामिल था। थोड़ी देर बाद वह वीर को भी ले आया और सभी लड़कों ने ठीक उसी तरफ़ डांस किया जैसे बारात में दोस्त दुल्हे की बेइज़्ज़ती कराने के लिए नाचते हैं।

farewell अच्छे से हुआ। एंड में सभी ने ग्रुप फ़ोटो ली। वीर ख़ुश था कि उसे मीरा का डांस देखने मिला। उमंग ख़ुश था की उसे मौक़ा मिला यह जाने का की लिपस्टिक का टेस्ट कैसा होता है। छाया को नयी लिपस्टिक मिली।

एग्ज़ाम

सब ने जितना fairwell में एन्जॉय किया उतनी ही सब की परीक्षा में हालत ख़राब हो गयी। एक पॉइंट पर तो वीर को लगने लगा था जैसे वह पास भी नहीं हो पायेगा लेकिन मीरा ने उसकी मदद की। पढ़ाई में मीरा सब की बराबर मदद करती थी। अगर वीर की जगह कोई और होता तो भी शायद उतनी ही मदद करती। लेकिन एग्ज़ाम के महीने में यह बात अच्छी हुई पढ़ाई के ही बहाने से सही लेकिन दोनों की बात होती रही। हर सब्जेक्ट के discussion के साथ-साथ दिल के कुछ questions के answer मिलते रहे। और देखते ही देखते एग्ज़ाम वाला महीना भी गुज़र गया। अब मन के टेंशन वाले कोने में अब पढ़ाई की जगह रिजल्ट ने ले ली थी।

महाकाल चलो !

उमंग और वीर बहुत समय से छाया और मीरा के साथ कहीं जाने का प्लान कर रहे थे पर एग्ज़ाम के कारण कोई प्लान बन नहीं पा रहा था लेकिन अब वह लोग फ्री थे इसलिए उन्होंने महाकाल जाने का प्लान बनाया। आइडिया वीर का था जिस पर बहुत सोचने के बाद उमंग ने हाँ भरी और तुरंत छाया को भी बता दिया। छाया तो जैसे जाने के लिए एक टाँग पर खड़ी थी। उसने तुरंत हाँ कर दिया। वीर ने मीरा को भी मैसेज कर के पूछा-

"महाकाल चलोगी?"

"क्या?"

"सिर्फ़ अपन दोनों नहीं चारों चलेंगे।"

"घर से परमिशन नहीं मिल पायेगी।"

वीर ने कुछ सोचते हुए कहा, "अगर छाया बात करे तो कुछ हो सकता है?"

"ठीके कोशिश करती हूँ लेकिन 3-4 दिन रुक जाओ।"

"क्यों क्या हुआ?"

"समझो वीर.. गर्ल्स प्रॉब्लम।"

"ओह, ठीके।"

मीरा के पीरियड्स चल रहे थे इसलिए महाकाल जाने का प्लान कुछ दिनों के लिए पोस्टपोन हो गया। 5 दिन बाद चारों ने अपने घर पर महाकाल जाने बात की। तीनों के घर तो परमिशन मिल गयी पर मीरा के पापा ने मना कर दिया लेकिन जब छाया ने ख़ुद मीरा के घर जाकर रिक्वेस्ट की तो फ़ाइनली परमिशन मिल गयी।

अब चारों जाने के लिए तैयार थे। मीरा और छाया आपस में डिस्कस कर रहे थे कि क्या पहनना हैं और वीर मन ही मन यह सोचकर बहुत ख़ुश था कि वह मीरा के साथ महाकाल जायेगा तभी उमंग का कॉल आया।

"भाई कल जायेंगे कैसे?"

"साइकिल से चलेंगे।"

"भाई अपन चारों को चलना हैं, समझ।"

"तो क्या हुआ?" वीर को अभी भी उमंग की बात समझ नहीं आयी।

"तो एक काम करना अपनी साइकिल के पीछे मीरा को बैठा लेना।" उमंग ने taunt मारते हुए कहा।

"ठीके तू छाया को बैठा लेना।"

"अबे गधे अब तू बड़ा हो चुका हैं कॉलेज मैं आने वाला है। मीरा के साथ साइकिल से मंदिर जायेगा, अच्छा लगेगा?"

"फिर?"

"गाड़ी का इंतज़ाम कर, एक गाड़ी छाया लायेगी उससे बात कर ली हैं।"

"ठीके मैं पापा से बात कर के गाड़ी ले लूँगा।"

अभी रात की 10 बज रही थी। कल के लिए बस अब वीर को कपड़े निकालकर रखने थे। चारों ने decide किया था वह सुबह जल्दी निकल जायेंगे इसलिए मीरा को "गुड नाइट" कर के वीर जल्दी सोने चला गया। हालाँकि excitment के कारण उसे नींद नहीं आयी उसने दो तीन बार अलार्म चेक किया। अलार्म सुबह 5:30 बजे का सेट किया था। अलार्म में बनी गोल घड़ी को देखते हुए वीर सोच में पड़ गया की कही 5:30 थोड़ा लेट न हो जाये इसलिए उसने अलार्म को 5 बजे का कर दिया और फिर थोड़ी देर तक करवट लेने के बाद उसे नींद आ ही गयी।

सुबह जब वीर की नींद खुली तब 4 बज रहे थे। उसका अलार्म बजने में अभी भी एक घंटा बाक़ी था इसलिए वह कुछ देर तक आँख बंद कर के लेटा रहा लेकिन नींद का तो कहीं नामोनिशान नहीं था इसलिए वह वापस उठकर बैठ गया और मीरा को मैसेज करने लगा।

"गुड मोर्निंग मीरा, मेरी नींद जल्दी खुल गयी मैं तैयार होने जा रहा हूँ। तुम तैयार हो जाओ तो मैसेज कर देना।"

मैसेज करने के बाद वीर ने अलमारी से कपड़े निकाले और तैयार होने

हर्ष जैन

चला गया। मीरा जब उठी तो उसने देखा वीर ने उसे 4:20 पर मैसेज किया हैं।

"अरे इतनी जल्दी क्यों उठे? अच्छा मैं तैयार होने जा रही हूँ 6:45 तक हो जाऊँगी।"

वीर अब तक नहाकर तैयार हो चुका था और चूँकि देवकी जी सो रही थी इसलिए उसने ख़ुद ही दूध गर्म कर के पी लिया। हालाँकि ऐसा कहते हैं मंदिर जाने के पहले मुँह झूठा नहीं करना चाहिए लेकिन वीर मंदिर जाने के लिए नहीं मीरा के साथ मंदिर जाने के लिए एक्साइटेड था।

6:50 तक बाक़ी सब भी रेडी हो गये। उमंग अपनी साइकिल से वीर के घर आ गया था और छाया अपनी स्कूटी से मीरा के घर। चारों पहले एक सुनसान जगह पर मिले और जैसा की उमंग और छाया ने तय किया था वह दोनों एक गाड़ी पर हो गये और मीरा-वीर एक गाड़ी पर। पहले मीरा वीर के साथ बैठने में झिझकी लेकिन फिर छाया के दबाव डालने पर बैठ गयी। चारों इस तरह से मंदिर जायेंगे यह तो वीर ने भी नहीं सोचा था। मीरा के पीछे बैठते ही उसके चेहरे पर बड़ी सी मुस्कान आ गयी उसने ख़ुशी के मारे इतनी ज़ोर से किक मारी कि रिटर्न में उसी के पाँव में लग गयी। लेकिन इतनी ज़्यादा ख़ुशी के आगे इतनी सी चोट कहाँ पता चलती हैं। ख़ैर, चारों फ़्रीगंज से होते हुए महाकाल मंदिर पहुँच गये। मंज़िल से ज़्यादा रास्ता ख़ूबसूरत होता है यह वीर ने बड़े लोगों के मुँह से कई बार सुना था लेकिन आज पहली बार महसूस किया।

चारों मंदिर पहुँच गये। अंदर जाने के पहले मीरा ने प्रसाद की दूकान से टोकरी ली जिसमें भगवान् को चढ़ाने लिए दूध और फूल थे। यह देखकर वीर के चेहरे पर हल्की सी मुस्कुराहट आ गयी। मीरा भगवान को बहुत मानती है इतना कि उसने मंदिर में आने के पहले कुछ खाया भी नहीं।

कुछ ही देर में चारों गर्भ गृह में पहुँच गये। अन्दर बहुत भीड़ थी इसलिए चारों को थोड़ी घबराहट सी होने लगी। उमंग और वीर की आँखों ही आँखों में एक-दूसरे से कहा की किसी भी हालत में छाया और मीरा का साथ नहीं छोड़ना हैं। उमंग ने तो छाया का हाथ पकड़ लिया था लेकिन वीर की हिम्मत नहीं हुई। उमंग ने आँख दिखायी तो उसने धीरे से मीरा के कंधे पर हाथ रखा। मीरा ने कुछ नहीं कहा या शायद उसका ध्यान ही नहीं था।

थोड़ी देर बाद धक्का-मुक्की हुई उसी में वीर और मीरा उमंग और छाया से बिछड़ गये। एक पल के लिए मीरा को लगा कही वह वीर से भी न बिछड़ जाये कि तभी पीछे से एक बार और धक्का आया मीरा ने अचानक वीर का हाथ पकड़ लिया। वीर ने भी अपनी उँगलियाँ मीरा की उँगलियों में ठीक तरह से फँसा ली। दोनों अब मन ही मन मुस्कुराने लगे। मंदिर की घंटियो के बिच अब दोनों को प्यार का गीत सुनायी देने लगा। महाकाल मुस्कुराने लगे। नंदी झूमने लगा। चंदन के लेप की ख़ुशबू के साथ हवा में प्यार घुलने लगा। भीड़ में दोनों को एक ख़ूबसूरत पल मिल गया।

दोनों ने साथ में दर्शन किये और ऊपर पुराने में मंदिर के पास जाकर बैठ गये। उमंग और छाया भी वहीं बैठे थे। नीचे गर्भ गृह में जितनी भीड़ थी उतना ही ऊपर पुराना मंदिर ख़ाली था। चारों अपने अन्दर शान्ति महसूस कर रहे थे। वीर ने मीरा की तरफ़ देखा जो आँख बंद करके हल्की ठंडी हवा को अपने चेहरे पर महसूस कर, मुस्कुरा रही थी। उसे मुस्कुराते देख वीर भी मुस्कुराने लगा और धीरे से उठकर वाटर कूलर से एक लोटे में पानी लेकर आ गया। मीरा ने जब आँख खोलीं तो उसने देखा वीर उसके लिए हाथ में लोटा लिये खड़ा है। मीरा ने थोड़ा पानी पीया बाक़ी छोड़ दिया। वीर उसी लोटे का बचा पानी पीकर मीरा के पास बैठ गया और उसकी आँखों में देखने लगा।

"क्या हुआ, ऐसे क्यों देख रहे हो?" वीर के लगातार देखने से मीरा को थोड़ा असहज महसूस हुआ।

वीर ने ना में सिर हिला दिया। उसके चेहरे की मुस्कुराहट अब ग़ायब हो चुकी थी। ऐसा लग रहा था जैसे वह कुछ कहना चाहता है लेकिन कह नहीं पा रहा है। यह बात थोड़ी-थोड़ी अब मीरा को भी समझ आ रही थी।

"बोलो क्या कहना..।" मीरा अपनी बात पूरी कर पाती इससे पहले ही वीर ने कहा-

"आई लव यू मीरा।"

वीर के अचानक इस तरह कह देने से मीरा थोड़ी चौंक गयी। इन 2 सालों में दोनों में से अब तक किसी ने नहीं कहा था। हालाँकि वीर बहुत टाइम से कहना चाहता था। उसने हमेशा फ़िल्मों में हीरो-हीरोइन को कहते सुना था लेकिन उसे

पता नहीं था मन की बात कह देने के बाद कैसा लगता है। अच्छा लगता है, बहुत अच्छा लगता है।

"आई लव यू वैरी मच वीर।" ऐसा मीरा कहना चाहती थी लेकिन कह नहीं पायी। जवाब में उसने बस गर्दन हिला दी।

दोनों बहुत देर तक चुप बैठे रहे। आँखों से बात होती रही। मीरा की आँखों ने बताया वह नहीं कह पायी क्योंकि उसे शर्म आ रही थी। वीर की आँखों ने कहा शर्म उसे भी आ रही थी लेकिन वह अपने आप को रोक नहीं पाया। दूर से छाया और उमंग उन्हें देख रहे थे। उन्हें लग रहा था आगे कुछ होगा लेकिन कुछ नहीं हो रहा था। थोड़ी देर बाद छाया का सब्र का बाँध अब टूट गया और वह दोनों के पास चली गयी।

"चलने का मन हैं या यही घर बसाओगे।" छाया ने अपनी हँसी दबाते हुए कहा-

छाया के इस तरह आ जाने से दोनों को थोड़ा अजीब लगा।

"तेरी करवा दूँ यहीं शादी?" बोलते हुए मीरा खड़ी हो गयी।

"चलो।" वीर भी खड़ा हो गया।

अब तक 10 बज गयी थी। मीरा ने सुबह से कुछ नहीं खाया था और उसके पेट की बात उसके चेहरे पर अब साफ़ दिख रही थी इसलिए मंदिर से निकलने के बाद चारों ने अपना स्वीट्स पर कचोरी-समोसे खाये और घर के लिए निकल गये। अब मीरा छाया की गाड़ी पर थी और उमंग वीर की। रास्ते भर न उमंग वीर से कुछ बोला न मीरा छाया से। हालाँकि उमंग बहुत कुछ बताने के लिए बैचैन हो रहा था लेकिन वीर को अपनी दुनिया में खोया देख उसने कुछ नहीं कहा।

मीरा को छाया ने जब घर छोड़ा तब तक 10:30 बज चुकी थी। जैसे ही मीरा मैन गेट खोलकर अन्दर गयी उसे दरवाज़े पर ताला लगा हुआ दिखा।

लव इन हॉस्पिटल

जैसे ही मीरा ने कल्याणी जी को कॉल करने के लिए जेब से फ़ोन निकाला तो वह चौंक गयी। कल्याणी जी के 15 missed कॉल्स थे और उनके नंबर से एक मैसेज भी आया था।

"पापा को सिविल हॉस्पिटल में admit किया हैं। रूम नंबर 102। जितनी जल्दी हो सके आ जा।"

मीरा को याद आया मंदिर में जाते समय उसने फ़ोन साइलेंट पर कर दिया था और बाद में हटाना भूल गयी थी। उसने तुरंत ऑटो लिया और हॉस्पिटल के लिए निकल गयी। ऑटो में बैठकर उसने कल्याणी जी को 3-4 बार कॉल किया लेकिन कोई जवाब नहीं मिला इससे मीरा और परेशान हो गयी। 10 मिनट में हॉस्पिटल भी आ गया। मीरा ने तुरंत उतरकर जेब से 20 का नोट पकड़ा दिया।

"अरे मैडम 20 नी 40 रुपये हुए हैं।" ऑटो वाले ने जेब से तम्बाकू निकालते हुए कहा-

"भईया मेरे पास तो 20 ही रुपये हैं।"

"अरे ऐसा था तो ऑटो में बैठे ही काए को!"

मीरा को समझ नहीं आ रहा था वह क्या करे? अगर दूसरा वक़्त होता तो शायद वह लड़ती की उसके घर से सिविल हॉस्पिटल के 20 ही रुपये ही होते हैं लेकिन वह पहले ही घबराई हुई थी। उसने वापस अपनी जेब चेक करना शुरू की, सारी जेब चेक करते वक़्त पीछे की जेब में उसे एक और 20 का नोट मिल गया। उसने तुरंत ऑटो वाले को 20 का नोट पकड़ाया और तेज़ क़दमों से अन्दर चली गयी।

रूम नंबर - 102

भावेश कुर्सी पर बैठकर अपने पापा के मोबाइल में गेम खेल रहा था। कल्याणी जी हॉस्पिटल के ही मेडिकल से दवाई लेने गयी थी। नरेश जी लेटे हुए हैं या बेहोश हैं मीरा को समझ नहीं आ रहा था। उन्हें बोतल चढ़ रही थी, आँखों

के नीचे धब्बा-सा पड़ गया था और चेहरा ऐसा लग रहा था जैसे किसी ने उनसे लगातार मज़दूरी करवाकर खाना भी नहीं दिया हो। एक ही दिन में नरेश जी इतने विक दिखने लगे थे। अपने पापा को इस तरह देखकर मीरा की आँखों में आँसू आ गये वह उनसे जाकर चिपक गयी। नरेश जी ने भी प्यार से मीरा के सिर पर हाथ फेरा। उनकी आँखें खुली होने पर भी बंद ही लग रही थी।

"क्या हुआ?" मीरा ने धीरे से पूछा।

"अचानक बहुत दस्त लग गये बेटा लेकिन टेंशन मत ले 1-2 दिन में ठीक हो जायेगा।" नरेश ने धीरे से कहा।

उनकी बात सुनकर मीरा को थोड़ी राहत मिली। कल्याणी जी अब तक नहीं आयी थी इसलिए उसने ख़ुद जाकर देखने का सोचा। लेकिन तभी कल्याणी जी आ गयी अपनी माँ को देखते ही मीरा उनसे गले लग गयी। कुछ सेकण्ड तक कल्याणी जी ने भी कुछ नहीं कहा लेकिन फिर मीरा के फ़ोन न उठाने की वजह उन्होंने उस पर थोड़ा गुस्सा किया। (माँ बहुत ज़्यादा गुस्सा होने पर भी सिर्फ़ थोड़ा ही गुस्सा कर पाती हैं) मीरा ने हाथ से दवाई की थैली ली और उस वक़्त फ़ोन न उठाने की वजह बताते हुए माफ़ी माँगी।

आज वीर इतना ख़ुश था कि दोपहर होने के बाद भी उसे याद नहीं आया कि उसने खाना नहीं खाया। शायद आज पेट प्यार से ही भर गया। वह इस वक़्त भी आँख बंद कर के उन्ही ख़ूबसूरत पलों को फिर से जी रहा था। मीरा का हाथ पकड़ना, साथ में प्राथना करना, लगातार एक-दूसरे की आँखों में देखना। उफ्फ! वीर की मुस्कुराहट थमने का नाम ही नहीं ले रही थी। आज उसे पता चला एक ही लम्हे सिर्फ़ किताबों, शायरी और फ़िल्मों में नहीं हक़ीक़त में भी कई बार जिए जाते हैं। लेकिन उसके इन ख़ुशी के पलों के दौरान फ़ोन बज गया। उसने गुस्सा में फ़ोन उठाया-

"क्या हुआ यार उमंग?"

"भाई छाया से लड़ाई हो गयी यार।"

"इतने अच्छे दिन भी लड़ लिये?"

"अरे हाँ वो मेरे कॉल और मैसेज का भी कोई रिप्लाई नहीं कर रही है यार।"

“तो अब?”

“तू समझाना यार कहाँ लड़ाई नहीं होती।”

वीर ने बुदबुदाया “जहाँ प्यार होता है।”

“क्या बोला?” उमंग ने बात सुन ली थी।

“मेरा मतलब हैं जहाँ प्यार होता है वहीं तो लड़ाई होती हैं।”

“तू उससे बात कर यार।”

उमंग के फ़ोन रखते ही वीर ने तुरंत छाया को कॉल किया। छाया ने एक ही बार में फ़ोन उठा लिया-

“हाँ वीर।”

“छाया क्या हुआ? उमंग के message का रिप्लाई क्यों नहीं कर रही हैं?”

छाया ने कोई जवाब नहीं दिया।

“हुआ क्या बता तो।”

छाया ने कुछ नहीं कहा। वीर को भी लगा उसे इस तरह नहीं पूछना चाहिए।

“अच्छा उससे बात कर ले।”

“अब फ़ोन आयेगा तो उठा लूँगी।”

“ठीके।”

वीर फ़ोन रखने ही वाला था की तभी छाया ने पूछा, “मीरा से बात हुई?”

“नहीं।” मीरा का नाम सुनते ही वीर ने झट से फ़ोन वापस कान पर लगा लिया।

“उसके पापा को एडमिट किया हैं बात कर लेना।”

“क्या? “वीर एकदम चौंक गया।

“हाँ और उमंग को बोल देना कॉल करे, मैं उठा लूँगी।”

“तुझे पता हैं क्या कौन से हॉस्पिटल में हैं ?”

"सिविल में, चल बाक़ी सब उससे पूछ लेना बाय।"

आसमान में उड़ रहा वीर अचानक धरती पर आ गिरा। उसे लगा मीरा बहुत परेशान होगी। अब वह कैसे भी कर के मीरा से मिलना चाहता था। उसने तुरंत बाइक उठायी और उमंग के घर का बोलकर हॉस्पिटल के लिए निकल गया। देवकी जी ने उसे जाने से पहले 20 रुपये पकड़ाये और आते वक़्त दही लाने को कहा।

"मीरा कहाँ पर हो?" वीर ने हॉस्पिटल पहुँचते ही मीरा को मैसेज किया।

"हॉस्पिटल में हूँ। पापा को एडमिट किया हैं।"

"बाहर आ सकती हो?"

"क्या? क्यों?"

"प्लीज़ आ जाओ न?"

"नहीं आ सकती वीर मैं क्या बोलकर आऊँगी?"

"बस 5 मिनट के लिए आ जाओ, प्लीज़।"

"ठीके।"

वीर ने तुरंत गाड़ी पार्किंग में खड़ी की और ऐसी जगह ढूँढ़ने लगा जहाँ कम लोग हों।

"मम्मी बाहर तक होकर आती हूँ।" मीरा ने धीरे से कहा और जाने लगी।

"क्यों? क्या हुआ?"

"बैठे-बैठे पाँव अकड़ गये, थोड़ा घूम आती हूँ।" प्यार में झूठ बोलना आम बात हैं लेकिन मीरा के लिए अभी नॉर्मल नहीं हुआ था।

"ठीके, भावेश को भी ले जा।"

"रहने दो मम्मी 5 मिनट में तो आ ही रही हूँ।"

"अरे नहीं ले जा कम से कम थोड़ी देर तो इसके हाथ से फ़ोन छुटेगा।" कहते हुए कल्याणी जी ने भावेश के हाथ से फ़ोन छीनकर गेम बंद कर दिया।

मीरा भावेश को लेकर रूम से निकल गयी और वीर को मैसेज किया। "कहाँ खड़े हो?"

वीर अभी भी ऐसी जगह ढूँढ़ रहा था जहाँ वो मीरा से ठीक से मिल सके। मीरा का मैसेज आते ही वह हॉस्पिटल के पीछे देखने गया। वहाँ एक नर्स अपने बॉयफ्रेंड पर प्यार बरसा रही थी। दोनों एक दूसरे में इतने खोए हुए थे की उन्हें पता ही नहीं चला कोई उन्हें कोई देख रहा है। उन्हें देखकर वीर भी एक पल के लिए खो गया। उसने मीरा के मैसेज का रिप्लाई भी नहीं किया। बस notification बार से ही मैसेज देख लिया। मीरा ज़्यादा देर बाहर नहीं रह सकती थी इसलिए उसने वीर को कॉल कर दिया। फ़ोन की घंटे बजते ही वह दोनों प्रेमी चौंककर अलग हो गये। वीर ने भी घबराकर जल्दी से फ़ोन उठा लिया।

"हैलो।"

मीरा ने चिढ़ते हुए कहा, "कहाँ हो वीर? मैं बाहर वेट कर रही हूँ।"

वीर सोच ही रहा था कहा बुलाये तभी उसने देखा नर्स और उसका बॉयफ्रेंड जा रहे हैं।

"हॉस्पिटल के पीछे आ जाओ।"

"ठीके।"

मीरा हॉस्पिटल के पीछे आ गयी। लेकिन भावेश को देखकर वीर सरप्राइज़ हो गया। उसे समझ नहीं आ रहा था वह भावेश के सामने कैसे खुलकर बात करे।

"हाँ बोलो।"

"बस ऐसे ही सोचा मिल लूँ।" वीर के चेहरे पर मुस्कुराहट और घबराहट के मिक्स एक्सप्रेशन थे।

यह सुनकर मीरा को और गुस्सा आया। असल में वह मीरा से अकेले में बात करने के लिए कोई तरीक़ा सोच रहा था की तभी उसे याद आया उसकी जेब में 20 रुपये रखे हैं जो उसे देवकी जी ने दही लाने के लिए दिये थे।

"चॉकलेट खायेगा?" वीर ने भावेश की तरफ़ देखते हुए कहा 20 रुपये आगे बढ़ा दिए।

मीरा ने उसे आँख दिखायी लेकिन भावेश ने अनजान बनकर पैसे ले लिये।

"भावेश पैसे वापस कर।"

"क्यों? भावेश हॉस्पिटल के सामने ही दूकान है जाकर जल्दी से ले आ।"

मीरा कुछ कहती इससे पहले भावेश दौड़कर वहाँ से चला गया। मीरा को वीर पर पहले ही गुस्सा आ रहा था इस बात से उसका गुस्सा और बढ़ गया।

"क्या वीर यहाँ क्यों बुलाया तुमने? कोई देख लेगा ऐसे तो अच्छा लगेगा क्या? मुझे लगा कुछ अर्जेंट होगा इसलिए आयी और तुमने उसे पैसे क्यों दिये? पता हैं कितनी चॉकलेट खाता है वो। एक तो मुझे पहले ही टेंशन हो रही है ऊपर से तुम और आ गये।"

मीरा लगातार बोले जा रही थी और वीर चुपचाप सुन रहा था उसके मन में कुछ चल रहा था। कुछ ऐसा, जिसके ख़याल से ही उसके पूरे शरीर में झुनझुनी दौड़ गयी।

"सुन रहे हो?"

"हाँ।" वीर ने हल्के से हाँ में सिर हिला दिया।

"तो जवाब तो दो।"

वीर ने एकदम से आँख बंद कर ली और तुरंत आगे बढ़कर मीरा के गालों पर kiss कर दिया। लेकिन तभी मीरा ने चेहरा घुमाने की कोशिश की जिससे kiss गाल की जगह होंठ पर हो गयी। वीर ने ऐसा फ़िल्मों में देखा था कि जब भी कोई हीरोइन लगातार बोलती है तो हीरो kiss कर के उसे चुप करवा देता हैं और फिर हीरोइन शर्मा कर चली जाती हैं। वीर ने हिम्मत कर के kiss तो कर दी थी लेकिन उसे नहीं पता था मीरा भी शर्मा कर चली जायेगी या बहुत गुस्सा करेगी।

मीरा को कुछ सेकण्ड तक कुछ समझ नहीं आया। वह सपने में भी नहीं सोच सकती थी वीर हॉस्पिटल जैसी जगह पर ऐसी हरकत करेगा लेकिन वह गुस्सा करती उससे पहले भावेश आ गया।

"भैय्या आप खाओगे।" भावेश ने एक चॉकलेट वीर की तरफ़ बढ़ाते हुए कहा।"

"नहीं भावेश, मेरा मुँह पहले से ही मीठा है।" वीर ने मुस्कुराते हुए धीरे से कहा।

"मैं खाऊँगी, मेरा मुँह कड़वा हो रहा है।" मीरा ने भावेश के हाथ से एक चॉकलेट लगभग छीनते हुए कहा।

"मैं जाता हूँ बाय। "वीर इशारों में सॉरी कहने की कोशिश की और जाने लगा।

"बाय भैय्या। थैंक यू फ़ॉर चॉकलेट।"

"भैय्या नहीं जीजू।" वीर ने मन में कहा और मुस्कुराते हुए निकल गया।

मीरा और भावेश भी हॉस्पिटल के अन्दर चले गये। मीरा मुस्कुरा रही थी। इतनी डाँट के बाद, वीर का इस तरफ़ से प्यार करना उसे अच्छा लगा। लेकिन अगर भावेश नहीं आता तो वह ज़रूर डाँटती। (गुस्सा होना और गुस्सा जताना दोनों अलग बात हैं)

वीर की ख़ुशी दो गुनी हो गयी थी लेकिन उसे डर था कि मीरा को कहीं उसकी हरकत का बुरा न लगा हो इसलिए घर आते ही वह मीरा को मनाने के तरीक़ा सोचने लगा।

रात 8 बजे-

वीर सोच रहा था की मीरा को कैसे मनाये। उसने अब तक मन में शाहरुख़ ख़ान की सारी फ़िल्में याद कर ली जिसमें उसने हीरोइन को रूठने पर मनाया था लेकिन उसे अब भी शक था जैसे शाहरुख़ ख़ान के मनाने पर काजोल मान गयी थी। क्या वैसे ही उसके मनाने पर मीरा मान जायेगी?

"वीर.. वीर दही लाकर कहाँ रखा हैं?" आवाज़ लगाते हुए देवकी जी कमरे में आ गयीं।

"वो... लाना भूल गया।"

"हैं भगवान, कभी तो कुछ याद रखाकर। जा लेकर आ।"

"पैसे तो दो।"

"दिन में दिए थे न, कहाँ ख़र्च किये?"

वीर ने सोचते हुए कहा, "हाँ हैं, याद आ गया।"

वह तुरंत जाकर पहचान की दूकान से 20 रुपये का दही उधार लेकर आ गया।

रात 12 बजे -

देवकी जी और प्रकाश जी अब तक सो चुके थे। लेकिन वीर अब भी अपने ख़यालों में खोया हुआ था। उसे लैटर लिखने का आइडिया तो आया था लेकिन डर था की मीरा यह न कह दे कि पुराने ज़माने का तरीक़े से हीरो बनने की कोशिश मत करो। लेकिन फ़िलहाल और कोई तरीक़ा भी नहीं सूझ रहा था इसलिए वीर ने लैटर लिखने का ही decide किया।

दो दिन बाद नरेश जी को डिस्चार्ज कर दिया। हालाँकि उन्हें अभी भी कमज़ोरी थी लेकिन मीरा को इस बात की ख़ुशी थी की उसके पापा घर आ गये। इन दो दिनों में वीर ने letter लिखने की कोशिश में कई पन्ने बिगाड़े लेकिन उसे वह वाली फ़ीलिंग नहीं आयी जो फ़िल्मों में हीरो के letter से आती हैं। (अब उसके लैटर लिखने पर बैकग्राउंड में गाना तो बजने से रहा) काश स्कूल में letter के साथ लव-letter भी लिखना सिखाया होता तो आज वीर का काम आसान हो जाता।

मीरा,

हॉस्पिटल में जो मैने किया उसके लिए सॉरी। मुझे लग रहा था तुम बहुत परेशान हो लेकिन समझ नहीं आ रहा था क्या करूँ? इसलिए बस.. वो हो गया। मुझे पता है तुम मुझसे गुस्सा हो लेकिन सच बताऊँ जब तुम मुझे बिना वजह हॉस्पिटल आने के लिए डाँट रही थी तब मैं मन ही मन मुस्कुरा रहा था। तुम डाँटते हुए भी क्यूट लगती हो। अगली बार जब डाँटना हो तो पहले बता देना मैं रिकॉर्ड कर लूँगा। लव यू...

तुम्हारा वीर

वीर को यह letter भी ठीक नहीं लग रहा था लेकिन वह दो दिन से कोशिश कर के थक चुका था इसलिए उसने यही letter देने का फ़ैसला किया। और छाया के थ्रू मीरा तक पहुँचा दिया। मीरा तो पहले से ही गुस्सा नहीं थी letter मिलने से वह ख़ुश हो गयी। उसने letter पढ़कर वीर को मैसेज किया।

"हरकत की बात नहीं हैं जगह ठीक नहीं थी। आई लव यू टू।"

मैसेज पढ़ते ही वीर के चेहरे पर मुस्कान आ गयी। मीरा अब भी टाइप कर रही थी। वीर उसके अगले मैसेज का इंतज़ार कर रहा था लेकिन फिर ऊपर

टाइपिंग दिखाना बंद हो गया।

"कुछ कहना चाहती हो?"

"letter अच्छा लिखा हैं।"

अब वीर के चेहरे की मुस्कान और फैल गयी। अब वह अपने आपको शाहरुख़ ख़ान से कम नहीं समझ रहा था। मीरा के इतना कह देने से उसे अगली बार letter लिखने के लिए और हिम्मत मिल गयी।

"फिर तो और लैटर लिखूँगा।" उसने जोश-जोश में कह भी दिया।

यह सुनकर मीरा और ख़ुश हो गयी। उसने letter को एक बार अपने होंठों से लगाया और अपनी अलमारी की ड्रावर में ताला लगाकर रख दिया। अलमारी तक सिर्फ़ वही चीज़ें पहुँचती हैं जो हमारे लिए बहुत क़ीमती होती हैं। मीरा के लिए यह letter बहुत क़ीमती है। वीर मीरा से बात करने में मगन था कि तभी उसे अपने मम्मी की चिल्लाने की आवाज़ आयी-

"कहाँ से हो जायेगा सब?"

वीर चाहता तो था कि बाहर जाकर देखे लेकिन मम्मी-पापा के युद्ध में कोई वार वह अपने पर नहीं लेना चाहता था। उसने अपना दरवाज़ा अन्दर से बंद कर लिया। प्रकाश जी और देवकी जी एक-दूसरे के ठीक सामने बैठे हुए थे। चुप थे। प्रकाश जी नीचे देख रहे थे और देवकी जी उनकी तरफ़।

"देवकी मैंने हमारे लिए ही किया था। अगर फ़ैक्ट्री चल जाती तो आज हम सब ख़ुश होते।"

"पर चली तो नहीं न। हम ख़ुश हैं क्या बताओ?" देवकी जी ने गुस्से में कहा।

प्रकाश जी ने जवाब में कुछ नहीं कहा।

देवकी जी ने अपना गुस्सा कंट्रोल करते हुए कहा, "अच्छा बताओ, कितना देने हैं?"

"ज़्यादा हैं।" प्रकाश जी ने धीरे से कहा।

"ठीके।"

देवकी जी गुस्से में लाइट बंद कर के सो गयी। प्रकाश जी अँधेरे में ही

बैठे रहे।

प्रकाश जी का कपड़ों के मटेरियल का थोक का धंधा है। कुछ समय पहले उनका धंधा बहुत अच्छा चल रहा था इसलिए उन्होंने उधार लेकर ख़ुद की फ़ैक्ट्री डालने का सोचा था। उन्हें लग रहा था पहले से ही बँधे ग्राहकों को और वह और कम पैसों में माल बेचेंगे तो और वह और ज़्यादा क्वांटिटी में माल लेंगे और फिर वह प्रचार कर के धीरे-धीरे और ग्राहक बढ़ा लेंगे जिससे कुछ ही सालों में उधार चुक्ता हो जायेगा। लेकिन उद्घाटन के अगले दिन ही फ़ैक्ट्री में आग लग गयी और उनका सपना भी उसी आग में भस्म हो गया। मशीनें तो जलकर ख़ाक हो ही गयी साथ ही कई कमर्चारी भी घायल हो गये। जिसमें 3 की मौत हो गयी। मज़दूरों की यूनियन के कारण प्रकाश जी को उधार लेकर मज़दूरों के घरवालों को भी पैसा देना पड़ा। अब उन्हें इस मुसीबत से निकलने का कोई रास्ता नहीं दिख रहा था। वह मन ही मन सोच रहे थे अगर उन्होंने इतनी ऊपर उठने की नहीं सोचा होता तो आज इतनी ज़ोर से नहीं गिरते। देवकी जी नाराज़ हैं क्योंकि उन्होंने उस समय फ़ैक्ट्री के लिए उधार लेने के लिए मना किया था और प्रकाश जी ने उन्हें बिना बताये उधार लिया था। लेकिन अब बात आगे बड़ गयी थी, लेनदार अब सर पर चढ़ने लगे थे इसलिए उन्हें मजबूरन बताना पड़ा। देवकी जी अब उधार लेने से ज़्यादा बात छुपाकर रखने से गुस्सा थी।

(पति का पत्नी से कोई बात छुपाना उतनी ही बड़ी होती हैं जितना पत्नी का पति से कोई बात छुपाना)

रिज़ल्ट डे

जैसे ही वीर सुबह उठा तो उसे पता चला आज रिज़ल्ट आने वाला है। वह घबरा गया। उसने मीरा को मैसेज किया।

"मुझे डर लग रहा है मीरा पता नहीं क्या होगा।"

"मुझे भी।" रिज़ल्ट वाले दिन हर स्टूडेंट के मन में एक सी घबराहट होती हैं फिर चाहे वह नीचे से टॉपर हो या ऊपर से।

"रिज़ल्ट देखने किसके साथ जाओगी।" वीर मीरा के साथ रिज़ल्ट देखने जाना चाहता था।

"पापा के साथ जाऊँगी।"

"all the best।"

"same to you रिज़ल्ट के बाद मैसेज करती हूँ।"

"ठीके।"

वीर उठकर बाहर के कमरे में चला गया। प्रकाश जी चाय पिते हुए अख़बार पढ़ रहे थे। वीर भी अपनी चाय का कप लेकर उनके पास बैठ गया।

"आज रिज़ल्ट हैं न।" प्रकाश जी ने चाय का कप रखते हुए कहा।

"हाँ पापा।" वीर ने धीरे से कहा।

"बिगड़ेगा तो नहीं?"

"पापा मेहनत तो की थी लेकिन कई question आउट ऑफ़ कोर्स आये थे। लेकिन.. मैंने फिर भी लिखा तो सब हैं। पर... पता नहीं।" वीर ने हिचकिचाते हुए कहा।

प्रकाश जी ने अपनी हँसी दबाते हुए कहा, "वो सब नहीं पता। रिज़ल्ट नहीं बिगड़ना चाहिए।"

"हाँ पापा।" वीर का मुँह उतर गया।

वीर का चेहरा देखकर प्रकाश जी की हँसी निकल गयी। उन्होंने हँसते हुए वीर को गले लगा लिया।

“जो भी हो मैं तेरे साथ हूँ।”

वीर ने कुछ नहीं कहा। देवकी जी यह सब देख रही थी। उनके चेहरे पर हल्की सी मुस्कान आ गयी। पिछली रात का गुस्सा ठण्डा हो चुका था। उन्होंने अपने पति को माफ़ कर दिया था अब बस मिलकर उस मुसीबत से पीछा छुड़ाना चाहती थी। (आसानी से माफ़ करने की कला औरत में ही होती हैं जिसे सीखने में मर्द को ज़िन्दगी लग जाती हैं।) प्रकाश जी ने देवकी जी को भी पास बुलाया। देवकी जी ने इशारे से कहा, “वीर है अभी।”

प्रकाश जी ख़ुद ही उनके पास चले गये और उन्हें गले लगा लिया। वीर को यह देखकर शर्म आ रही थी इसलिए वह अन्दर चला गया। दोनों बहुत देर तक गले लगे रहे। माँ-बाप का बच्चों के सामने एक-दूसरे को प्यार करना एक ऐसी घटना है जो हर रोज़ घटनी चाहिए लेकिन मुश्किल से घटती है।

रिज़ल्ट 12 बजे ऑनलाइन आने वाला था। 12 बजे चुके थे। घड़ी में भी और वीर के चेहरे पर भी। वह रिज़ल्ट के इंतज़ार में कैफ़े में लाइन में खड़ा था। आगे दो लोग और खड़े थे। अब तक उमंग और छाया का रिज़ल्ट पता चला चुका था। उमंग के 67 परसेंट बने थे और छाया के 79 परसेंट। उनका रिज़ल्ट जानने के बाद वीर की बैचैनी और बढ़ गयी थी। उसके आगे खड़े दो लोगो को किसी ने फ़ोन कर के रिज़ल्ट बता दिया इसलिए वह लाइन से निकल गये। अब वीर की बारी थी।

“आइये जनाब।” कैफ़े वाले भईया ने वीर को इशारे से बुलाया।

वीर ने आगे जाकर अपना रोल नंबर बताया। कैफ़े वाले भईया ने रोल नंबर डालकर इंटर दबाया। नेट बहुत धीरे चल रहा था और वीर की धड़कन तेज। धीरे-धीरे स्क्रीन पर कुछ आने लगा। कैफ़े वाले भईया पढ़कर सुनाने ही वाले थे की तभी वीर का फ़ोन बजा। अगर इस वक़्त किसी और का फ़ोन आया होता तो वीर नहीं उठाता लेकिन मीरा का कॉल था।

“वीर मेरे बस 80 परसेंट ही बने।”‘

“हम्म, मैं करता हूँ।” मीरा का रिज़ल्ट सुनने के बाद वीर की घबराहट और बढ़ गयी।

कैफ़े वाले भैय्या ने अब तक वीर का रिज़ल्ट देख लिया था।

"क्या हुआ भैय्या?" वीर ने इशारे से पूछा।

"तुमने मिठाई तो नहीं ख़रीदी न?"

"मतलब?"

"तुम्हारे मिठाई के पैसे बच गये।"

इतना सुनते ही वीर को अपना स्कूल, अपनी क्लास दिखने लगी थी। उसे डर लगने लगा की कहीं सच में उसके जूनियर्स के साथ बैठना न पढ़े, और फिर मीरा वह क्या कहेगी? वह तो सच में बहुत नाराज़ हो जायेगी। वीर ने तुरंत कंप्यूटर स्क्रीन अपनी तरफ़ घुमायी। कैफ़े वाले भैय्या उसे जानते थे इसलिए उन्होंने कुछ नहीं कहा। वीर ने अपना रिज़ल्ट ऊपर से नीचे तक देखा और राहत की साँस ली। कैफ़े वाले भैय्या ज़ोर से हँसने लगे।

"क्या भैय्या डरा दिया न।"

कैफ़े वाले भैय्या ने हँसते हुए कहा, "प्रिंट दूँ?"

"हाँ।"

वीर ने रिज़ल्ट बैग में रखने से पहले एक बार और अच्छे से देखा। उसके 68 percent बने थे लेकिन वह ख़ुश था। उसने वही से फ़ोन कर के प्रकाश जी और देवकी जी को रिज़ल्ट बताया। प्रकाश जी ने कुछ नहीं कहा लेकिन देवकी जी ने थोड़ा गुस्सा किया। मम्मी की प्यार भरी डाँट सुनने के बाद वीर उमंग को लेकर पार्क चले गया। छाया और मीरा भी वहीं आने वाली थी। इस वक़्त वह दोनों पार्क के गेट पर उनका इंतज़ार कर रहे हैं।

"ये लोग कब आयेंगे यार?" उमंग ने टाइम देखते हुए कहा।

"अरे आ जायेंगे, सब्र तो कर।"

उमंग से रुका नहीं गया उसने छाया को फ़ोन घुमा दिया। छाया गाड़ी चला रही थी इसलिए उसने फ़ोन नहीं उठाया। उमंग ने फिर से कॉल किया लेकिन फिर से नो रिस्पोंस। अब वह दोनों भी पार्क पहुँच चुके थे। उमंग छाया को देखते ही गुस्सा करने लगा।

"कितनी टाइम लगा दिया यार छाया कहाँ थी अब तक? atleast फ़ोन तो उठाया कर यार।"

"उमंग पहले मेरी बात तो सुन।"

"क्या?"

"मीरा के घर पर टाइम लग गया। आंटी से मार्केट का बोलकर आये हैं और मैं गाड़ी चला रही थी इसलिए फ़ोन नहीं उठा पायी।"

उमंग ने आगे कुछ नहीं कहा।

"मीरा congratulations इतने अच्छे percent बने तुम्हारे।" वीर ने बात बदलने की कोशिश की।

"मीरा congrats।" उमंग ने भी धीरे से कहा।"

"थैंक यू।"

"अच्छा अब क्या करना हैं बताओ?"

वीर के इस सवाल का तीनो में से किसी ने जवाब नहीं दिया।

"मैजिक शो लगा है सिटी में, चले?"

"कितनी देर का है?" मीरा ने पूछा।

"30 मिनट का ही है। तुम्हारे पास कितना टाइम है?"

"एक घंटा। ज़्यादा से ज़्यादा डेढ़।"

"क्या करना हैं?" वीर ने उमंग से इशारे में पूछा।"

"10 मिनट पार्क में बैठते हैं, फिर निकलते हैं।"

"ठीके।"

उमंग और छाया को अपनी नोकझोक को सुलझाने के लिए वैसे भी थोड़ा समय चाहिए ही था इसलिए वीर और मीरा उनसे अलग जाकर बैठ गये। यह दोनों एक बेंच पर बैठे थे जिसके ठीक एक कपल हाथ में हाथ डालकर बैठे थे। वीर का भी ठीक वैसे ही मीरा का हाथ पकड़ने का मन कर रहा था। वह बार-बार उन्हें देख रहा था। अब तक दोनों चुप थे।

"हाथ पकड़ना कोई बड़ी बात नहीं होती।" मीरा ने उनकी तरफ़ देखते हुए कहा।

"नहीं-नहीं मैं वो नहीं सोच रहा हूँ।"

“तो फिर वहाँ क्या उस लड़की को ताड़ रहे हो?” मीरा ने हँसी दबाते हुए कहा।

“नहीं मीरा ग़लत समझ रही हो।”

“फिर?”

वीर ने धीरे से हाथ पकड़ लिया। दोनों मुस्कुराने लगे।

“यार वीर मेरे तो बस 80 परसेंट ही बने। मैंने तो बहुत मेहनत की थी। पापा ख़ुश नहीं होंगे।” मीरा ने अपनी परेशानी बताते हुए कहा। वीर ने उसका दूसरा हाथ भी अपने हाथों में ले लिया। रिज़ल्ट के कारण मन में मची हलचल अब ग़ायब हो चुकी थी। पास बैठा कपल एक-दूसरे को ठीक उसी तरह प्यार करने लगा था जैसे इंग्लिश फ़िल्मों में करते हैं। उन्हें देखकर मीरा का चेहरा शर्म से लाल हो गया। मीरा को इस तरह देखकर वीर को बहुत अच्छा लग रहा था। वह मीरा को देखने में इतना खोया हुआ था की उसे पता ही नहीं चला कब उमंग और छाया उसके सामने आकर खड़े हो गये।

“ओ, हीर-राँझा चलना हैं कि नहीं?”

“चलना है-चलना है।” वीर ने हड़बड़ाते हुए कहा।

मीरा को हँसी आ गयी। छाया ने अपनी हँसी दबा ली।

“चलो वरना लेट हो जायेंगे।” उमंग ने वीर को हाथ से खींचकर उठाते हुए कहा।

चारों मैजिक देखने चले गये। वहाँ पहुँचने के बाद वीर और उमंग ने मिलकर टिकट ली। मीरा शो देखने के लिए excited थी इसलिए वह और वीर एकदम आगे वाली सीट पर बैठे और उमंग और छाया एकदम आख़िरी सीट पर। चारों तरफ़ अँधेरा था, सिर्फ़ स्टेज पर ही लाइट थी। ऑडियंस में बैठे लड़के शो शुरू करने के लिए ज़ोर-ज़ोर चिल्लाये जा रहे थे। 5 मिनट बाद शो शुरू हुआ। सभी शांत हो गये। आगे वाली सीट पर बैठी मीरा जादूगर के जादू में खोने लगी थी और पीछे छाया उमंग के जादू में। सबसे पहले जादूगर ने मुँह में छोटी सी बॉल डालकर अपने जूते में से निकाली। फिर उसी जूते को हाथ में लेकर उसमें से चूहा और चिड़िया निकाले। जिसे देखकर वहाँ बैठे दर्शक ताली बजाने लगे। फिर चिड़िया को हवा में उड़ा दिया और वह जादूगर के सर पर जाकर बैठ

हर्ष जैन

गयी। जादूगर ने उसके नीचे से एक अंडा निकाला। वहाँ बैठे बच्चों को समझ नहीं आ रहा था यह सब कैसे हो रहा है। और वहाँ बैठे बुद्धिजीवी इसे हाथ की सफ़ाई बता रहे थे। ख़ैर, ठीक 40 मिनट में शो ख़त्म हो गया। मीरा बहुत ख़ुश लग रही थी, छाया भी। दोनों की ख़ुशियों की वजह अलग थी। रौशनी में आने के बाद छाया ने उमंग को इशारे से होंठ साफ़ करने के लिए कहा। मीरा को अभी भी जादूगर की कला ही दिख रही थी। (कई बार किसी जगह से चले जाने के बाद भी हम उसी जगह पर रह जाते हैं।) वह वीर से लगातार उसी बारे में बात कर रही थी।

"उनके जूते से चूहा निकालने के बाद पता है मैं पूरे टाइम उस चूहे को देखती रही वो स्टेज पर चलते-चलते अचानक ही ग़ायब हो गया और वो चिड़िया का अंडा तो मुझे समझ ही नहीं आ रहा अचानक कहाँ से आ गया। ये सब कैसे करते हैं वो लोग?"

"क्या पता?"

मीरा को इस तरह देखकर वीर बहुत ख़ुश था। उसे आज समझदार मीरा के पीछे छिपी एक छोटी बच्ची दिखी।

"तुम हमेशा ऐसे क्यों नहीं रहती?"

"कैसे?"

"अभी जैसे।"

"मैं हमेशा ऐसी ही तो रहती हूँ। अच्छा मैं जाती हूँ टाइम हो रहा है। घर पहुँचकर मैसेज करूँगी।"

"ठीके।"

"छाया, चले?"

"हाँ।"

उमंग और छाया ने आँखों के इशारे से एक-दूसरे को कुछ कहा फिर वह लोग निकल गये। उमंग भी वीर को उसके घर छोड़ने के लिए निकल गया। जब वीर घर पहुँचा तो उसने देखा प्रकाश जी की गाड़ी पहले से बाहर खड़ी है। वीर ने उन्हें सरप्राइज़ करने का सोचा। उसने धीरे से मेन गेट खोला और जूते उतारकर

दरवाज़े के पास जाकर खड़ा हो गया। लेकिन वह चुपके से अन्दर जाता उससे पहले उसे कुछ ऐसी बात सुनायी दी जो प्रकाश जी और देवकी जी उसे नहीं बताना चाहते थे।

"कुछ भी कर के पैसे चुका दो वीर के पापा। ऐसे टेंशन में कब तक जियेंगे।"

"मैं कोशिश कर रहा हूँ देवकी और क्या करूँ? इसकी टोपी उसके सर तो नहीं कर सकता ना।"

"कितने देना हैं?"

"ज़्यादा हैं!"

"कितने?"

"जब बोल रहा हूँ ज़्यादा हैं तो समझ नहीं आता क्या।" प्रकाश ने ज़ोर से चिल्ला दिया।

वीर को बात बिगड़ती दिखी इसलिए वह अन्दर चला गया।

"आ गये बेटा।" देवकी जी ने प्यार से पूछा।

प्रकाश जी के चेहरे पर भी नक़ली मुस्कुराहट आ गयी। वीर को साफ़ समझ आ रहा था दोनों उससे यह बात छुपाना चाहते हैं।

"अब तो बड़ा हो गया है मेरा बच्चा। कॉलेज में जाने वाला है। कौन-सा कॉलेज लेगा?"

"पापा मैंने आप दोनों की बात सुन ली थी।"

वीर ने अपने पापा की बात को अनसुना कर दिया। प्रकाश जी भी समझ गये अब छुपाकर कोई फ़ायदा नहीं। उन्होंने जो कुछ देवकी जी को बताया था वह सब वीर को बता दिया।

रात को-

अपने पापा से बात करने के बाद वीर बहुत परेशान हो गया। उसने उनके सामने तो अपने आँसुओं को रोक लिया था पर अपने कमरे में आने के बाद नहीं रोक पाया। वह अपने आप को असहाय मसहूस कर रहा था। अगर आज वह बड़ा होता, कुछ कमा रहा होता तो शायद किसी तरह मदद कर पाता। उसने

रोते-रोते ही मैसेज किया।

"आई नीड यू मीरा।"

"क्या हुआ वीर सब ठीक तो हैं न?"

मीरा को वीर के मैसेज का रिप्लाई करने में थोड़ी देर हो गयी। जब तक वीर रोते हुए सो चुका था। लेकिन अब मीरा को भी उसकी चिंता होने लगी थी क्योंकि आज तक वीर ने उसे इस तरह मैसेज नहीं किया था। उसने 12:30 बजे तक वीर के मैसेज का इंतज़ार किया लेकिन उसके बाद नींद उसके कण्ट्रोल में नहीं रही।

क़र्ज़ा

"कल मुझे ऐसा कुछ पता चला जो मम्मी-पापा मुझसे छुपाने की कोशिश कर रहे थे।"

वीर ने सुबह उठते ही मीरा को मैसेज किया और बेसब्री से उसके रिप्लाई का इंतज़ार करने लगा लेकिन जब बहुत देर तक मीरा का रिप्लाई नहीं आया तो वह अपना मन दूसरे कामों लगाने लगा। (बैचैन मन को शांत करना रोते हुए बच्चे को चुप कराने जैसे होता है जिसको हमें चुप कराने के लिए ध्यान भटकाना ही पड़ता है) इधर देवकी जी अपने कमरे में चुपचाप बैठी आँसुओं से गाल गीला कर रही थीं। जब वीर ने उन्हें देखा तो पहले दो मिनट कुछ नहीं कहा लेकिन फिर एकदम से जाकर गले लगा लिया। वीर के गले लगाते ही देवकी जी फफक-फफक कर रोने लगीं।

"बेटा अगर अपने गहने बेच दूँ तो कितने पैसे मिलेंगे?"

"क्या? क्यों?"

"मैं सोच रही हूँ सारे गहने बेचकर तेरे पापा को पैसे दे दूँ। क़र्ज़ा थोड़ा तो कम होगा।"

देवकी जी धीरे से उठी और एक बैग में अपने सारे गहने रखने लगी। उसी वक़्त वीर के फ़ोन पर notificaton आया। जैसा कि वीर ने सोचा था मीरा ने ही मैसेज किया था।

"क्या पता चला?"

"कुछ नहीं।" थोड़ी देर बाद जब वीर कमरे में आया तो उसने रिप्लाई किया।

"बताओ न वीर।"

"मुझे बिल्कुल अच्छा नहीं लग रहा मम्मी को अपनी सारे गहने बेचने पड़ रहे हैं।"

"क्या हुआ वीर पूरी बात बताओ?"

वीर ने मीरा को शुरू से पूरी बात बतायी। सुनकर तो मीरा भी डर गयी लेकिन उसने दिलासा देने की कोशिश करते हुए उसने कहा, "भगवान पर भरोसा रखो सब ठीक हो जायेगा।"

"वही तो नहीं हैं मीरा।"

"ऐसा नहीं बोलते।" मीरा ने एक सेकण्ड रुककर जवाब दिया।

"हाँ।"

मीरा को साफ़ दिखायी दे रहा था इस वक़्त वीर को प्यार की ज़रूरत हैं। जो मैसेज पर ठीक से कर नहीं पायेगी। लेकिन फ़िलहाल उसके पास इसके आलावा और कोई चारा नहीं था। वह उसके लिए लम्बा सा प्यारा भरा मैसेज टाइप करने लग गयी। लेकिन वह पूरा कर पाती इससे पहले ही नरेश जी आ गये।

"क्या कर रही हैं बेटा।"

"कुछ नहीं बस ऐसे ही।" अपने पापा को देखते ही मीरा ने स्क्रीन लॉक कर के फ़ोन को उल्टा रख दिया।

"आगे का क्या सोचा हैं?" नरेश जी ने मीरा के पास आकर बैठते हुए कहा।

"अभी तक तो कुछ नहीं पापा।" मीरा का मन वीर को रिप्लाई में करने में ही लगा हुआ था।

"मीरा कहाँ गयी?"

"क्या हुआ?"

"बोलकर तो जाओ।"

वीर लगातार मैसेज किया जा रहा था जिस कारण मीरा का फ़ोन बार-बार बज रहा था।

"किस का मैसेज आ रहा है?"

"दोस्तों का पापा, ऐसा कुछ इम्पोर्टेन्ट नहीं है।" मीरा के चेहरे पर घबराहट साफ़ दिख रही थी। उसने तुरंत नेट बंद कर दिया।

“देखो मीरा तुम्हारे परसेंटेज इतने बुरे भी नहीं हैं इसलिए ठीक-ठाक कॉलेज तो तुम्हें मिल ही जायेगा।”

नरेश जी और मीरा आगे की प्लानिंग करने लगे और इधर वीर मीरा से बात करने के लिए बैचैन, कमरे में इधर से उधर घूमने लगा।

दोपहर में-

देवकी जी और वीर अलग-अलग दूकान पर जाकर उन गहनों की क़ीमत पूछ रहे थे। पर कोई दूकानदार या तो उन्हें कम क़ीमत बता रहा था या तो उन पर शक कर रहा था लेकिन फिर 2 घंटे तक घूमने के बाद देवकी जी को एक दूकानदार मिल ही गया जिसने ठीक-ठाक पैसे बताये। देवकी जी ने शादी के गहने से लेकर सोने का मंगलसूत्र तक सब दे दिया। वीर को यह देखकर बिल्कुल अच्छा नहीं लग रहा था लेकिन वह फ़िलहाल कुछ कर भी नहीं सकता था। चुप था। गहने बेचकर आने के बाद दोनों माँ बेटे सो गये। आज वीर बहुत समय बाद अपनी माँ के पास सोया था। उनसे चिपककर।

शाम को वीर और मीरा की थोड़ी देर बात हुई लेकिन अपनी-अपनी परेशानियों के कारण दोनों ठीक से बात नहीं कर पाये। वीर को डर था कि पता नहीं गहने बेचकर पैसे लाने वाली बात पर पता नहीं पापा क्या कहेंगे और मीरा को पढ़ाई के लिए नरेश जी दूसरे शहर भेजना चाहते थे, लेकिन मीरा नहीं चाहती थी। वह अभी से अपने आपको अपने शहर, अपने परिवार से दूर जाते देख रही थी। वीर से भी। उसने यह बात अब तक वीर को नहीं बतायी थी। असल में उसकी बताने की हिम्मत ही नहीं हो रही थी। उसे वीर का रिएक्शन पहले से ही पता था।

रात को-

इस वक़्त घड़ी में 8 बज रहे हैं। देवकी जी और वीर प्रकाश जी का इंतज़ार कर रहे हैं। वीर को भूख बहुत लग रही हैं लेकिन मन बिल्कुल नहीं कर रहा। देवकी जी के कई बार पूछने पर भी उसने मना कर दिया। देवकी जी का मन भी बहुत बैचैन है। अब तक वह घर में अन्दर से बाहर तक पता नहीं कितनी बार चक्कर लगा चुकी है।

“पता नहीं वीर के पापा क्या कहेंगे? अगर कहीं पैसे वापस देकर गहने लाने

का कह दिया तो?"

"पापा प्लीज़ मान जाना।"

दोनों माँ बेटे ख़ुद में ही बात कर रहे थे की तभी गाड़ी की आवाज़ आयी। देवकी जी तुरंत बाहर गयी लेकिन प्रकाश जी नहीं दूध वाले भैया थे। देवकी जी ने दूध लेकर एक तपेली में डाला और गर्म होने रख दिया। कुछ सेकण्ड बाद फिर गाड़ी की आवाज़ आयी लेकिन इस बार देवकी जी बाहर नहीं गयी। उन्होंने ख़ुद को समझा लिया वीर के पापा नहीं पड़ोस में कोई आया है। लेकिन इस बार प्रकाश जी ही आये थे।

"मम्मी, पापा आ गये।" वीर ने आवाज़ लगायी।

प्रकाश जी सोफे पर आकर बैठ गये और आँख बंद कर ली। शायद आज ज़्यादा थकान भरा दिन था। देवकी जी पानी का गिलास लेकर खड़ी हो गयीं। वीर भी अपने पापा को ही देखे जा रहा था। आज घर में कुछ अजीब सा माहौल था।

"क्या हुआ?" प्रकाश जी ने देवकी जी से पानी का गिलास लिया और एक ही बार ख़ाली कर दिया।

"कुछ नहीं, आप कपड़े बदल लो मैं खाना लगाती हूँ।" देवकी जी गिलास लेकर वापस जाने लगी।

"देवकी इधर आओ।"

देवकी जी रुक गयी। प्रकाश जी ने पास बैठने का इशारा किया। देवकी जी ने उनकी बात मान ली।

"आज घर का माहौल बहुत अलग लग रहा है। क्या हुआ बताओ?"

देवकी जी ने ना में सिर हिला दिया। प्रकाश जी ने आँख दिखायी। देवकी जी बताना तो चाहती थी लेकिन उनके होंठ काँप रहे थे।

"बताओ।"

"आप प्लीज़ गुस्सा मत करना।" देवकी जी ने प्रकाश जी के हाथ पर हाथ रखते हुए कहा।

प्रकाश जी ने हाँ में सिर हिला दिया। अचानक ही देवकी जी की आँखों से

आँसू टपकने लगे। उन्होंने धीरे से कहा, "मैंने गहने बेच दिये। सोचा उससे क़र्ज़ा कम हो जायेगा।"

प्रकाश जी को कुछ समझ नहीं आया। देवकी जी ने रोते हुए शुरू से पूरी बात बतायी। प्रकाश जी को पूरी बात जाने के बाद ग़ुस्सा तो बहुत आया लेकिन पता नहीं क्यों वह कुछ कह नहीं पाये। शायद उन्हें ख़ुद ग़लती का एहसास हुआ या देवकी जी की आँखों से बहते पानी ने ग़ुस्सा करने से रोक दिया, पता नहीं।

"क्या तुमने वो वाली अँगूठी भी बेच दी?"

"सॉरी वीर के पापा लेकिन मैं आपको हर रोज़ टेंशन में नहीं देख सकती। इससे कुछ तो कम होगा।"

"एक बार पूछ तो सकती थी न!"

"आप मना ही करते!"

प्रकाश जी ने कोई जवाब नहीं दिया। घर में अजीब सी शान्ति छा गयी। तीनों ने चुपचाप खाना खाया और अगले दिन पैसे ले जाकर देने के लिए प्रकाश जी मान गये।

रात 1 बजे-

अब तक वीर और देवकी जी सो चुके थे लेकिन प्रकाश जी को नींद नहीं आ रही थी। वह कुर्सी पर बैठे, सामने रखे गिलास को लगातार देखे जा रहे थे। उन्हें समझ नहीं आ रहा था कि अपने बीवी और बच्चे को कैसे बताये कि वह जितना समझ रहे हैं क़र्ज़ा उससे कहीं ज़्यादा है। क़र्ज़ा असल में 25 लाख का था जो ब्याज के कारण दिन पर दिन बढ़ता ही जा रहा है। चूँकि प्रकाश जी ने उस समय ख़ुद के जमा किये सारे पैसे लगा दिए थे इसलिए उनके पास देने के लिए कुछ भी नहीं था। अब बस उनके पास ख़ुद का छोटा सा घर है और दूकान हैं, लेकिन वह (दूकान)भी किराए की हैं। प्रकाश जी ने पलभर के लिए देवकी जी की तरफ़ देखा और फूटफूटकर रोने लगे लेकिन उनके रोने की आवाज़ बिल्कुल नहीं आयी। वह गले में ही अटकी प्रकाश जी का रोना बढ़ाती रही। रोते हुए प्रकाश जी ने तय किया वह देवकी जी को सच बताकर और परेशान नहीं करेंगे। थोड़ी देर बाद वह भी बिस्तर पर आकर लेट गये और देवकी जी को अपने से चिपका लिया। अब देवकी जी का सर प्रकाश जी के दायें हाथ पर था।

सुबह दूकान खोलने से पहले प्रकाश जी मेन मार्केट में पैसे देने गये। वैसे तो उन्हें कई लोगों को पैसे देना हैं लेकिन उन्होंने उन दो लोगों को डेढ़-डेढ़ लाख रुपये दिये जो ख़तरनाक क़िस्म के इन्सान थे। पैसे मिलने के बाद विनोद ने तो प्रकाश जी को चाय पिलाकर जल्द ही बाक़ी पैसे देने के लिए कहा। लेकिन वीरेन्द्र ने उन्हें घर ख़ाली करवाने की धमकी दी। कहने को वीरेंद्र के इस शहर कई gym चलते हैं लेकिन अस्ल में वह गुंडा है और उसके गुस्से से पूरा शहर परिचित है। वीरेंद्र की कही बात प्रकाश जी के मन में बैठ गयी। कुछ टाइम से उनका धंधा तो वैसे ही ठीक नहीं चल रहा था अब उनकी दूकान जाने की भी इच्छा नहीं हो रही थी। वह शिप्रा किनारे जाकर बैठ गये।

दोपहर 2 बजे-

वीर और मीरा पार्क के एक कोने में बैठे हुए थे। वीर ख़ुश था और मीरा परेशान। उसने भोपाल जाने वाली बात वीर को अब तक नहीं बतायी थी। लेकिन चेहरे से उसकी परेशानी पता नहीं चल रही थी। (लड़कियाँ किसी भी तरह की परेशानियाँ छुपाने में एक्सपर्ट होती है)

"तुमने कौन-सा कॉलेज लेने का सोचा हैं?" मीरा ने धीरे से कहा। उसका सिर वीर के कंधे पर रखा हुआ था। (वीर ने ही ऐसा करने को कहा था)

"Shhh.." वीर ने इशारे से चुप करवा दिया और आसपास नज़र दौड़ाने लगा। जहाँ पर वह लोग बैठे थे वहाँ से उन्हें कोई नहीं दिख रहा था।

"मैं हग कर लूँ?" वीर ने दोनों हाथ फैलाते हुए पूछा।

मीरा ने कोई जवाब नहीं दिया। वीर ने हाँ समझा और धीरे से मीरा को अपनी बाँहों में ले लिया। मीरा को अब अच्छा लग रहा था। उसने भी क़रीब आकर दोनों के बीच जगह को भर दिया। मीरा को पता था दूर जाने के बाद ऐसा पल शायद ही कभी मिलेगा। माना हमेशा के लिए नहीं जा रही हैं लेकिन सिर्फ़ कुछ समय के लिए ही। (सिर्फ़ थोड़े समय के लिए दूर होना प्रेमियों को बहुत समय के लिए दूर होने जैसा होता है)

"एक बात बोलू?" मीरा ने हल्का सिर ऊपर किया।

"हम्म बोलो।" वीर मीरा की बाँहों में खोया हुआ था।

"नहीं।"

दोनों चुप हो गये। मीरा ने धीरे से वीर को गाल पर किस कर दिया। वीर के चेहरे पर बड़ी सी मुस्कुराहट आ गयी। उसने भी आगे बढ़कर मीरा को बायें गाल पर किस करना चाहा। लेकिन आँख बंद होने के कारण उसने ग़लती से किस गाल की जगह होंठ पर कर दी। आज उसे पता चला ग़लतियाँ मीठी भी हो सकती हैं। मीरा ने अपना चेहरा दूसरी तरफ़ कर लिया। पिक्चरों में इस तरह के सीन कई बार कई बार बताये थे। हीरोइन का शर्माना भी बताया था, शर्म हीरो को भी आई लेकिन हीरोइन से कम। मीरा ने अपना चेहरा वीर की शर्ट में छुपा लिया। शर्ट उसी पल से वीर की favourite शर्ट बन गयी। पार्क ने फिर से प्यार महसूस किया। फूल रोज़ के मुक़ाबले आज थोड़ा ज़्यादा खिले। (पार्क में लगे फूल सिर्फ़ धूप-पानी से नहीं बल्कि यहाँ आए प्रेमियों के प्यार से भी खिलते हैं।)

पार्क के टाइम पर पहुँचने के चक्कर में वीर ने खाने नहीं खाया था। उसने आते ही देवकी जी से पूछा,

"मम्मी खाने में क्या हैं?"

"जाकर देख ले।" "आप तो लगा दो जो भी हैं।"

"मैं नहीं उठ रही अब ख़ुद ले ले।"

वीर उठकर किचन में गया और डब्बा ढूँढ़ने लगा।" मम्मी डब्बा कहाँ रखा हैं?'

"सामने ही रखा हैं आँख खोलकर देख।"

रोटी वाला डब्बा कढ़ाई के पीछे छुपा हुआ था। वीर ने थोड़ा ढूँढ़ा तो मिल गया।

"मम्मी... आलू के पराठे।" वीर ने ख़ुश होते हुए कहा। उसे आलू के पराठे बहुत पसंद हैं।

"हाथ धोकर खाना।" देवकी जी ने ज़ोर से कहा।

"ठीके।"

अब तक वीर एक कौर खा चुका था। दूसरा कौर तोड़ने पहले उसने हाथ धो लिए।

हर्ष जैन

रात को-

मीरा से बात करने के बाद वीर सो गया लेकिन मीरा को नींद नहीं आयी। आज शाम को उसके जाने की तारीख़ भी पक्की हो गयी लेकिन उसने अब तक वीर को नहीं बताया। लेकिन अब उसे बताना ही पड़ेगा उसने अपनी आँखे पोंछने के बाद वीर को मैसेज किया।

"वीर मेरा भोपाल के कॉलेज में एडमिशन हो गया है। घर में सभी ख़ुश हैं की मुझे अच्छा कॉलेज मिला हैं लेकिन मैं नहीं जाना चाहती वीर। मैं यही तुम्हारे पास रहना चाहती हूँ।"

सुबह जब वीर ने मीरा का मैसेज देखा तो वह बहुत उदास हो गया। "मीरा यहाँ से चली जायेगी "बार-बार उसके मन में यही ख़याल आने लगा। कुछ देर तक उसने मीरा के मैसेज को कोई जवाब नहीं दिया। मीरा ने भी यह देख लिया था की वीर ने मैसेज देख लिया हैं। कल उसने रात को तकिया भिगाया था अब वीर अपने टी-शर्ट की बाँह भीगा रहा था। जाने वाले से ज़्यादा ग़म रुकने वाले को होता है क्यूँकि उसके बिना सारी चीज़ें एक सी होकर भी एक सी नहीं रहती। वीर को अभी से मीरा की कमी महसूस होने लगी थी वह अपने आप को पार्क में अकेले बैठे देख रहा था लेकिन उसने आप को जैसे-तैसे समझाया और मीरा को मैसेज किया।

"मीरा बस थोड़े समय की तो बात है और फिर हम आज मेहनत कर लेंगे तो हमारा कल अच्छा होगा।" यह बात मीरा से ज़्यादा वह ख़ुद को समझा रहा था।

"पापा जैसी बातें मत करो वीर।" मीरा ने चिढ़कर कहा।

"अच्छा जब भी छुट्टी मिले उज्जैन आ जाना।"

"पापा ने पहले ही बार-बार अकेले आने के लिए मना कर दिया हैं।"

"अच्छा आज मिलते हैं?"

"पैकिंग करना हैं वीर, आज नहीं।"

वीर की कोई भी बात मीरा पर असर नहीं कर रही थी। नॉर्मल होने के लिए उसे अपना समय चाहिए था।

"मैं बाद में बात करती हूँ बाय।"

20 जून, सफ़र

अब तक जाने की सारी तैयारियाँ हो चुकी थी। मीरा के बैग पैक हो चुके थे। इंटरसिटी में टिकट कन्फ़र्म हो गयी थी और नरेश जी ने भी एक छोटा सा बैग ले लिया था। जिसमें पानी की बोतल और घर का खाना हैं। ट्रेन सुबह 7 : 30 बजे प्लेटफार्म पर आने वाली हैं। मीरा आज 4 बजे ही उठ गयी। वीर भी जल्दी उठ गया था। मीरा निकलने से पहले उससे फ़ोन पर बात करना चाहती थी लेकिन घर में सभी लोग थे।

"मीरा 20 मिनट पहले पहुँचेंगे।"

"तीके पापा।"

नरेश जी बैग उठाकर बाहर के कमरे में चले गये।

मीरा अब तक कभी बाहर नहीं रही थी। (गर्मियों की छुट्टी में रिश्तेदारों के घर भी नहीं) इस बात से कल्याणी जी बहुत परेशान थी। सब कुछ फ़िल्मों जैसा हो रहा था। गेट पर आँखों में आँसू लिए खड़ी माँ, छोड़ने जा रहे पिता और सबकी लाड़ली बेटी।

"बेटा ध्यान रखना। टाइम पर खाना और कुछ भी ज़रूरत हो तो बता देना।" कल्याणी जी ने मीरा का हाथ पकड़ा हुआ था।

"बच्ची नहीं हैं वो।" नरेश जी ने सारे बैग ऑटो में रखते हुए कहा और मीरा को बैठने का इशारा किया।

मीरा ने माँ के पाँव छुए, भावेश अब भी सो रहा था, (उठाने पर भी नहीं उठा) उसके माथे पर प्यार रखा और ऑटो में बैठ गयी।

उज्जैन जंक्शन-

मीरा और नरेश जी अपनी सीट पर आ चुके थे। 7 : 30 बजने में अभी 10 मिनट बाक़ी थे इसलिए मीरा के कहने पर नरेश जी वेफर्स लेने के लिए उतर गये। मीरा ट्रेन में आते-जाते लोगों को देख रही थी की तभी वीर का मैसेज आया।

"कहाँ हो?"

“ट्रेन में।”

दोनों सुबह उठ गये थे लेकिन दोनों में कुछ बात नहीं हुई थी।

(गुड मोर्निंग भी नहीं)

“तुम्हारा कोच तो ख़ाली हैं।”

यह सुनते ही मीरा एकदम चौंक गयी। “तुम कहाँ पर हो?”

“घर पर, ऑनलाइन चेक किया था।” वीर के पास मीरा का सीट नंबर पहले से ही था।

मीरा के मन में खिले फूल मुरझा गये। “मैं जा रही हूँ।”

“हम्म I know।”

“अब पता नहीं कब मिलूँगी।”

“कल ही तो मिले।”

मीरा ने जवाब में कुछ नहीं कहा। ट्रेन के चलने में अब भी 5-7 मिनट बाक़ी थे। नरेश जी अपने कोच की तरफ़ आ रहे थे। तभी वीर का फिर से मैसेज आया।

“एस-7 का टॉयलेट बहुत गन्दा हैं।”

मैसेज पढ़ते ही मीरा तेज़ क़दमों से टॉयलेट की तरफ़ गयी।

“कहाँ जा रही हैं?” नरेश जी ने अन्दर आते हुए कहा।

“टॉयलेट।” मीरा ने हिचकिचाते हुए कहा और आगे बढ़ गयी।

वीर दो कोच के बीच में बची जगह पर खड़ा था। उसका चेहरा नहीं दिख रहा था लेकिन मीरा ने उसे पहचान लिया था। कोच में आने-जाने वाले लोगों की वहाँ नज़र नहीं पहुँच पा रही थी। वीर ने उसी बची जगह में अँधेरे को ठीक से इस्तेमाल कर के मीरा को कसकर गले लगा लिया। मीरा का चेहरा खिल उठा।

“मैं जा रही हूँ।”

“ऐसा नहीं बोलते, बोलो मैं जल्द ही आती हूँ।”

“आती हूँ।”

वीर का एक हाथ मीरा की कमर पर था। उसने धीरे से मीरा की पीछे वाली

जेब में कुछ रख दिया। अब ट्रेन के चलने का समय हो गया था। पहली सिटी बजी। वीर ने मीरा के दोनों गालों पर प्यार किया और दौड़कर एस-6 के कोच से होकर उतर गया। ट्रेन धीरे-धीरे चलने लगी थी और दो चेहरे मुस्कुराने लगे थे।

इंजन से निकले धुएँ ने आसमान में एक दिल का आकर ले लिया था।

वीर उमंग से मिलने के बहाने घर से निकला था। उमंग upsc की तैयारी के लिए इंदौर जा रहा था और उसके साथ mass-communication के लिए छाया भी। तो उससे मिलना तो था ही इसलिए वीर स्टेशन से उमंग के घर चला गया।

वीर के आने से मीरा बहुत ख़ुश हो गयी थी। वह बार-बार अपनी मुस्कान छुपाने की कोशिश कर रही थी। उसका मन तो कर रहा था की वह वीर को मैसेज कर के बताये उसे उसका यह सरप्राइज़ कितना अच्छा लगा लेकिन नरेश जी एकदम पास में ही बैठे थे इसलिए उसने फ़ोन जेब में ही रहने दिया।

ट्रेन को उज्जैन से चले अब डेढ़ घंटे हो चुके थे। नरेश जी की नींद लग चुकी थी। मीरा टॉयलेट से वापस आते समय गेट के ही पास खड़ी हो गयी। उसे बाथरूम में रुमाल निकालते समय जेब में कुछ मिला था जिसे देखकर वह बहुत ख़ुश हुई।

मीरा,

मुझे पता हैं तुम्हें यहाँ से जाना अच्छा नहीं लग रहा लेकिन बस थोड़े समय की बात है और फिर दूरियाँ तो सिर्फ़ किलोमीटर की हैं न हम तो बहुत क़रीब हैं। मुझे तो नहीं लग रहा तुम दूर जा रही हो। तुम तो मेरे पास ही हो। इसलिए ख़ुश रहो, मुस्कुराते रहो। मुस्कुराते हुए बहुत अच्छी लगती हो। i love you so much और हाँ तुम ट्रेन में जा रही हो और मैं ddlj का ज़िक्र नहीं करूँ तो कैसे चलेगा? मेरी सिमरन।

तुम्हारा राज (वीर)

नाम के नीचे एक मुस्कुराता हुआ चेहरा बना था जिसे देखकर मीरा की मुस्कुराहट और बढ़ गयी। अब सफ़र उसके लिए बहुत सुन्दर बन चुका था। लेकिन उसकी वीर से बात नहीं हो पा रही थी। उसने फ़ोन निकालकर तुरंत वीर को मैसेज करना चाहा लेकिन पेड़ों के बीच उसे नेटवर्क का एक भी डंडा नहीं

हर्ष जैन

मिल रहा था। उसने फ़ोन जेब में रखा और सिट पर जाकर बैठ गयी।

अपनी तेज़ रफ़्तार से चलने के बाद ट्रेन 11: 30 बजे भोपाल पहुँच गयी। वहाँ से दोनों हॉस्टल चले गये। नरेश जी को बहुत भूख लग रही थी। (मीरा ने रास्ते में वेफ़र्स खाए थे इसलिए उसे तेज़ भूख नहीं लग रही थी) लेकिन वह पहले मीरा को पहले सेटल करना चाहते थे इसलिए मीरा ने फ़टाफ़ट सामान कमरे में रखा और बाहर आ गयी। यह गर्ल्स हॉस्टल था इसलिए नरेश जी को अन्दर जाने की इजाज़त नहीं थी। वह बाहर ही एक बेंच पर बैठकर इंतज़ार कर रहे थे।

"पापा चलो।"

नरेश जी ने अपना बैग उठाया और दोनों सामने पार्क में बैठकर खाने लगे। आज कई समय बाद नरेश जी मीरा को अपने हाथों से खिला रहे थे मीरा भी बीच-बीच में अपने पापा को खिला रही थी। खाने खिलाते हुए नरेश जी को मीरा का बचपन याद जब वह उनकी उँगली पकड़कर स्कूल जाया करती थी और गेट से रोते हुए "जल्दी लेने आना।" कहती थी। यह पल याद आते ही नरेश जी धीरे से मुस्कुरा दिए।

"बेटा मेरे जाने का टाइम हो रहा है।" नरेश जी ने टिफ़िन बंद करते हुए हैं कहा। उन्हें 1 बजे वाली ट्रेन से वापस निकलना था।

"ठीके पापा।"

नरेश जी ने अपनी बेटी को सीने से लगा लिया और कुछ देर तक कुछ नहीं कहा। मीरा ने छुपके से अपने आँसू पोंछे, नरेश जी ने अपने छुपा लिए और मीरा को हॉस्टल छोड़ने के बाद निकल गये। पार्क से हॉस्टल तक मीरा अपने पापा की उँगली पकड़कर गयी।

(बच्चों का बचपन ही माँ-बाप के बूढ़े होने पर उनका सहारा बनता है)

एक महीने बाद

वीर और मीरा की ज़िन्दगी पहले से अलग हो चुकी थी। दोनों सुबह कॉलेज जाते, दिन भर अपने कॉलेज में व्यस्त रहते और रात को थोड़ी देर बात करते। (कभी-कभी थक जाते तो वह भी नहीं हो पाती।) वैसे तो कहते हैं किसी भी नयी आदत को अपना ने में 21 दिन लगते हैं लेकिन अभी तक ना तो मीरा इसे अपना पायी थी और ना ही वीर। पर दोनों के पास अब कोई ऑप्शन भी

नहीं था। हाँ, दोनों ने एक-दूसरे को भरोसा ज़रूर दिलाया था कि एक समय आयेगा जब दोनों फिर से साथ रहेंगे और फिर एक-दूसरे की कमी पूरी करने के लिए दोनों ने अपने-अपने तरीक़े ढूँढ़ लिये थे। जैसे मीरा को जब वीर की याद आती तब वह वीर के दिये लेटर्स पढ़ती और वीर जब वीर को मीरा की याद आती तो उसके फ़ोटोज़ देखा करता। लेकिन फ़ोटोज़ देखकर कब तक ख़ुद को तस्सली देते रहेगा इसलिए वीर ने decide किया कि वह मीरा से मिलने भोपाल जायेगा।

शाम को प्रकाश जी के आते ही वीर उनके पास बैठ गया।

"पापा आज कल कितनी सारी competitive एग्ज़ाम हो रही हैं न?"

"हाँ।"

"आपके टाइम पर तो नहीं होती होगी न इतनी।"

"हमारे टाइम पर इतनी सारी फ़ील्ड ही नहीं हुआ करती थी, बस 2-4 ही आप्शन करते थे। तू दे रहा है क्या कोई सी?"

"हाँ एक एग्ज़ाम है इंदौर में, मैंने थोड़ी बहुत तैयारी भी की हैं सोच रहा हूँ जाऊँ। जाऊँ क्या?"

"कब है?"

"कल।"

देवकी जी किचन में काम करते हुए सारी बात सुन रही थी। प्रकाश जी कुछ कहते इससे पहले उन्होंने बाहर कहा, "अकेले नहीं जायेगा ये, आप भी जाना इसके साथ।"

"अरे मम्मी दोस्त हैं न, उनके साथ चले जाऊँगा।"

"नहीं।"

"पापा आप समझाओ न अब तो मैं बड़ा हो गया हूँ।"

"इंदौर कहाँ इतना दूर हैं देवकी? भोपाल या इटारसी होता तो जाता इसके साथ मैं।"

"बेटा तू जा।"

 हर्ष जैन

"ठीके।"

देवकी जी मुँह फुलाकर किचन में चली गयी। प्रकाश जी भी देवकी जी को मनाने के लिए उनके पीछे चले गये।

अगले दिन सुबह 7 : 30 बजे वाली ट्रेन से वीर भोपाल के लिए निकल गया। पर तुरंत प्लान बन्ने के कारण वह रिज़र्वेशन नहीं करवा पाया था इसलिए उसे जनरल डब्बे में टॉयलेट के पास बैठना पड़ा। लेकिन वह ख़ुश था यह बात सोचकर की वह आज मीरा से मिलेगा। पर वह उसे भी बताना नहीं चाहता था, लेकिन वह ख़ुशी भी बाँटना चाहता था। ट्रेन में कुछ करने को था भी नहीं इसलिए उसने कॉपी में से एक पन्ना फाड़ा और letter लिखने लगा।

"मीरा,

मुझे तो सोच-सोचकर ही बहुत ख़ुशी हो रही है कि आज बहुत टाइम बाद तुमसे मिलूँगा। हाँ-हाँ पता है सिर्फ़ एक महीना और कुछ ही दिन हुए हैं लेकिन यह तो कैलेंडर के हिसाब से हुए न। मुझसे पूछो तो कहूँगा लग रहा बिना मिले एक साल से भी ज़्यादा हो गया। तुम्हारे बिना रहने की आदत नहीं है और मैं आदत डालना भी नहीं चाहता। क्यों डालना? बस थोड़े समय की तो बात हैं। अब बस जल्दी से भोपाल आ जाये ताकि मैं तुम्हें कसकर पकड़ लूँ। अच्छा बाक़ी बातें मिलकर। आई लव यू!

तुम्हारा वीर

letter लिखने के बाद वीर के पास करने को कुछ नहीं था। भोपाल पहुँचने में अब भी बहुत टाइम था और वह अब तक वह सब कुछ कर चुका था जो वह कर सकता था। अब समय काटना उसके लिए मुश्किल हो गया था। आज उसे भारतीय रेल गाड़ी दुनिया की सबसे धीमी रेल गाड़ी लग रही थी। आख़िर में वीर को न चाहते हुए फिर वही करना पड़ा जो हर ट्रेन में होता है। भारत का भविष्य तय। वीर के ठीक सामने बैठे कुछ 50-60 साल के लोग 2014 में होने वाले चुनाव का रिज़ल्ट बता रहे थे। कुछ ने कांग्रेस पर शर्त लगा दी थी और कुछ बीजेपी का नाम ताल ठोककर ले रहे थे। उसी समय कुछ का कहना था की एक चाय वाला प्रधानमंत्री बनेगा। वीर ने ऐसा कुछ अपने पापा के मुँह से भी सुना था लेकिन अब समय भी था इसलिए उन बातों पर ग़ौर करने लगा। (दुनिया के

कई मुश्किल कामों में से एक काम हैं ख़ाली बैठना)

"अरे भईया, हम कह रहे हैं नरेन्द्र मोदी ही आयेगा। देखा नहीं गुजरात को कैसा मस्त बना दिया।"

"अच्छा और गुजरात में हुआ काण्ड भूल गये।"

"वह नरेन्द्र मोदी ने थोड़े किया था वो तो हो गया था।"

इस हो रही चर्चा को सुनने के बाद वीर भी सोच में पड़ गया था अब किस की सरकार आयेगी। ख़ैर, ट्रेन अपने ठीक समय पर भोपाल पहुँच गयी और भारत का भविष्य तय कर रहे लोगो में इस बात को लेकर लड़ाई होने लगी की अब गुटखा कौन खिलायेगा।

स्टेशन पर लगे नल से वीर ने हाथ-मुँह धोये और मीरा के कॉलेज के लिए निकल गया। इस वक़्त 11:30 हो रहा था। मीरा रोज़ लेक्चर के बाद 12 बजे कैंटीन जाती थी। वीर भी वही जाकर सरप्राइज़ करना चाहता था लेकिन कॉलेज गेट पर गार्ड ने id माँग ली।

"अंकल जाने दो न प्लीज़।"

"id दिखा दो और चले जाओ।"

"आज घर भूल आया, कल से पक्का ले आऊँगा।

"अरे नहीं भाई, यहाँ ये सब नहीं चलता।"

वीर ने जेब से 100 रुपये निकालकर गार्ड की जेब में रखते हुए कहा, "जाने दो ना।"

"ठीके जाओ, लेकिन कल से ध्यान रखना।"

गार्ड से हाँ सुनते ही वीर ने कैंटीन की तरफ़ दौड़ लगायी। मीरा काउंटर पर खड़े होकर समोसा ले रही थी। वीर ने उसे दूर से ही पहचान लिया था। वह धीरे से पास गया और आवाज़ बदलकर कहा,

"एक समोसा और लो मैडम।"

मीरा ने उसकी बात पर ध्यान नहीं दिया। वीर ने फिर से कहा, "सुनायी नहीं आया क्या?"

"देखो तुम.. ।"

मीरा ने जैसे ही पलटकर देखा वह एकदम चुप हो गयी। वीर मुस्कुराने लगा। मीरा के चेहरे पर भी बड़ी-सी मुस्कुराहट आ गयी। कैंटीन में समोसे और चाय की ख़ुशबू में अब थोड़ी मिठास और घुल गयी थी। मीरा को यक़ीन ही नहीं हो रहा था उसका वीर उसके सामने खड़ा है। दोनों चुप थे।

"अरे अब कुछ बोलो भी।"

"तुम यहाँ अन्दर कैसे आये?"

"बहुत ऊँची पहुँच है मेरी।" वीर ने हाथ से समोसा लेते हुए कहा और बैठने का इशारा किया।

दोनों कोने में टेबल पर जाकर पर बैठ गये और खाने लगे। दोनों का दायाँ हाथ ऊपर दिखायी दे रहे थे। लेकिन बायाँ हाथ टेबल के नीचे से एक दूसरे को छूने में व्यस्त था। दोनों की उँगलियाँ आपस में समय कई बाद एक-दूसरे को महसूस कर रही थीं। मीरा भी गले लगना चाहती थी लेकिन उसे जगह इजाज़त नहीं दे रही थी। ख़ैर, थोड़ी देर बाद उसे मौक़ा मिला जब दोनों थिएटर गये। उस वक़्त हॉल में "आशिक़ी 2" लगी थी। दोनों ने कार्नर की सिट ली और पिक्चर देखते हुए उसके कई scene क्रिएट किये।

थिएटर से निकलने के बाद दोनों तालाब गये और बोटिंग करने लगे। मीरा का हाथ वीर के हाथ में था। दोनों लगातार पैडल मार रहे थे। मीरा को यह सब बहुत ख़ूबसूरत लग रहा था आसपास का वातावरण, उसके शैम्पू किये बालों को उड़ाती हवा, साफ़ पानी और वीर। उसका वीर। जो इस वक़्त उसकी आँखों में देख रहा था। मीरा यह शहर अपने दोस्तों के साथ पहले घूम चुकी थी लेकिन आज इस शहर से अलग ही रिश्ता बन गया था।

"चले?" वीर ने मुस्कुराते हुए पूछा।

"हम्म।" जाने का मन तो मीरा का बिल्कुल भी नहीं हो रहा था लेकिन वीर की ट्रेन हैं।

थोड़ी देर बाद वीर ने मीरा को हॉस्टल छोड़ा और लम्बे समय तक मीरा को अपने से चिपकाये रखने के बाद निकल गया। मीरा हॉस्टल के बाहर खड़ी उस ऑटो को जाते देख रही थी जिसमें वीर बैठा हैं। ऑटो दूर निकलता जा रहा

था। उसका वीर धीरे-धीरे उसकी आँखों के सामने से दूर जा रहा था। मीरा मन में थोड़ी ख़ुशी और थोड़ा दुःख लिए अन्दर जाने लगी की तबी उसे हॉस्टल की तरफ़ आते हुए एक ऑटो की आवाज़ आयी। मीरा उस आवाज़ को अनसुना कर के अन्दर जाने लगी की तभी उसे किसी ने पीछे से आवाज़ लगायी।

"मीरा।" यह आवाज़ तो मीरा के मन में बसी हुई थी। वह तुरंत पलती।

"मैं ये देना भूल गया था।" वीर ने लैटर देते हुए कहा।

मीरा को letter से ज़्यादा वीर के वापस आने की ख़ुशी हुई।

रात को -

10 बजे तक वीर घर पहुँच गया था। आज उसके चेहरे पर बहुत बड़ी सी मुस्कान थी। मीरा से मिलने के बाद उसका मन झूम उठा था। आते वक़्त सफ़र भी लम्बा नहीं लगा उल्टा उसे भारतीय रेल (जिसे सब किसी न किसी वजह से गाली देते हैं) पर प्यार आ रहा था। क्योंकि उसी के कारण वह आज उसकी मीरा से मिल पाया हैं। मीरा भी आज उतनी ही ख़ुश थी। उसने सोने से पहले letter पढ़ा और उसे तकिये के नीचे रखकर सो गयी।

हर्ष जैन

1 अगस्त - बुरा दिन

जैसे-जैसे दिन बित रहे थे वैसे ही प्रकाश जी का क़र्ज़ा बढ़ता जा रहा था। वह अब तक सारी कोशिश कर चुके थे लेकिन पैसे आने की कोई उम्मीद नहीं दिख रही थी। वीरेन्द्र का सब्र का बांध अब टूट चुका था। वह विनोद और बाक़ी लेनदारों को भी इकट्ठा कर के प्रकाश जी की दूकान पर पहुँच गया। सारे लेनदारों को एक साथ देखकर प्रकाश जी डर गये। वह कुछ बोलते इससे पहले वीरेन्द्र ने कहा,

"हमारे सब के पैसे वापस दो।"

"लेकिन वीरेन्द्र जी मैं इतने सारे पैसे कैसे दूँगा?"

"इतने सालों से ये ही बात सोचकर हम लोग चुप बैठे थे लेकिन अब नहीं। "

इतने में एक लेनदार दूकान में रखे कपड़ों को ऐसे निकालकर देखने लगा जैसे यह उसी की दूकान हो। प्रकाश जी मना तो करना चाहते थे लेकिन अभी परिस्थिति उनके साथ नहीं थी।

"वीरेंद्र भाई मैं जल्द ही पैसे लौटा दूँगा।"

"और हमारे पैसे का क्या?" पीछे से एक लेनदार ने कहा और काँच में रखे कपड़े का बंडल निकालने लगा।

प्रकाश जी ने हिम्मत जुटायी और धीरे से कहा, "भईया, ऐसा मत करो भईया वो सामान बेचने का है।"

"साले मेरे ही पैसे खाकर मुझे सिखायेगा। ये ले.."कहकर एक लेनदार ने गुस्से में काउंटर का काँच तोड़ दिया।

बात प्रकाश जी के हाथ से फिसलती जा रही थी।

इतने में दूसरे लेनदार ने कहा "मुझे पता हैं साले तू नहीं दे पायेगा पैसे।" वह भी बाक़ी लेनदार की तरह चमकीले कपड़े उठाने लगा।

"हाँ-हाँ ये नहीं दे पायेगा पैसे।"

सभी लेनदारों ने एक साथ कहा और दूकान पर हमला बोल दिया। एक ने

सामने काँच में रखा सामान निकाला, तो एक ने कपड़े। वीरेंद्र ने पहले ही गल्ले में रखे पैसे साफ़ कर दिये। कुछ ही देर में प्रकाश जी की दूकान साफ़ हो गयी। लेनदारों के दिल को ठंडक मिली। जाने से पहले लोग प्रकाश जी का मोबाइल, पर्स और बाइक भी ले गये। प्रकाश जी ज़िन्दा लाश की तरह खड़े, सब देखते रहे। और अब प्राथना करते भी तो किन से लेनदारों ने मंदिर और भगवान् की मूर्ति तक नहीं छोड़ी थी। दूकान, जिसने अब तक चोरी होते हुए भी नहीं देखी उसने आज एक इंसान को मरते देखा। जब ख़ुद की नज़रों में इन्सान की इज़्ज़त चली जाती है तब उसे जीना बोझ लगने लगता है। प्रकाश जी को भी ऐसा ही लग रहा था। वह दूकान से पैदल-पैदल कही निकल गये और शिप्रा नदी पहुँच गये।

शिप्रा नदी पर कई लोग अपने पाप धोने आते हैं तो कई मुक्ति पाने आते हैं। प्रकाश जी यहाँ हादसा भूलने आए थे। वह चुपचाप पानी में पाँव डालकर बैठ गये और दूसरे किनारे पर बैठे दो कबूतरों को देखने लगे। नहीं प्रकाश जी की आँखों से नहीं आँसू टपके लेकिन बहुत धुप बहुत तेज़ थी उससे उनका सिर गर्म हो गया और कुछ ही देर में उनके पाँव ठण्डे। शायद आँसुओं से गाल भिगाए होते तो आज शरीर सुखा रह जाता लेकिन अब प्रकाश जी सारी चिंता से मुक्त शिप्रा की गोद में सो गये।

(नदियों ने बड़े-बड़े लोगों को लाश होते देखा है।)

रात 10 बजे -

देवकी जी और वीर प्रकाश जी को 8 बजे से फ़ोन लगा रहे थे लेकिन फ़ोन बंद आ रहा था। देवकी जी की चिंता बढ़ती ही जा रही थी।

"बेटा पास वाले भईया के साथ दूकान चले जा।"

"ठीके।"

वीर पास वाले चिंटू भईया के साथ दूकान के लिए निकल गया। वह भी बहुत परेशान दिख रहा था। रास्ते भर चिंटू भईया उसे "सब ठीके " की उम्मीद देते रहे। वीर ने जवाब में कुछ नहीं कहा। दोनों दूकान पहुँच गये। जैसे ही दोनों ने दूकान की हालत देखी वह अपने-अपने हिसाब से पिक्चर बना चुके थे। चिंटू भैया को लगा यह सब किसी गिरोह ने किया। वीर को लगा किसी दुश्मन

हर्ष जैन

व्यापारी ने दुश्मनी निकाली। दूकान के अन्दर अब कुछ भी नहीं बचा था। जो छोटा-मोटा सामान लेनदारों से छुट गया था वह आने-जाने वाले लोग ले गये।

"वीर हमें पुलिस कंप्लेंट करनी चाहिए।"

वीर ने कुछ नहीं कहा दोनों पास के थाने में चले गये। थाने के बाहर एक हवलदार पहले से ही पैसो की जुगाड़ में बाहर खड़ा था। उसका आज का target अब तक पूरा नहीं हुआ था। वह चिंटू भईया और वीर को देखते ही उनके पास आ गया। (जैसे कॉर्पोरेट कम्पनी का अपना टारगेट होते हैं वैसे ही कई पुलिस वालों का अपने टारगेट होता है)

"हाँ भाई क्या मामला हैं?"

"सर मेरे पापा अब तक घर नहीं आए हैं रोज़ 7-8 बजे तक आ जाते हैं।"

"ठीके उनके बारे में बता।"

"सर आज उन्होंने ब्लू शर्ट और ग्रे पेंट पहनी हैं। हाइट आपसे थोड़ी ज़्यादा हैं और आज ही क्लीन shave किया हैं।"

"कही चक्कर तो नहीं चल रहा तेरे पापा का, उसी कारण लेट हुए हो।"

वीर गुस्से में कोई जवाब देता उससे पहले चिंटू भईया ने नीचे से उसका हाथ दबाते हुए कहा। "नहीं सर ऐसा नहीं हैं उनकी दूकान से भी सारा सामान ग़ायब हैं ऐसा लग रहा है जैसे कोई गिरोह ने तोड़-फोड़कर के सारा सामान ले गये हो।"

यह सुनकर हवलदार सोच में पड़ गया। तभी उसे याद आया टीम ने आज ही एक व्यापारी की लाश नदी से निकाली है।

"इधर आ।"

हवलदार दोनों को एक पुलिस वैन के पास ले गया। वैन में एक लाश रखी हुई थी।

"जा कन्फर्म कर के आ।"

अचानक से वीर की धड़कन तेज़ हो गयी। उसका कान गर्म हो गये। वह अब एक क़दम भी आगे नहीं बढ़ना चाहता था लेकिन हवलदार ने उसे अन्दर धक्का दे दिया। लाश एक लम्बे सफ़ेद कपड़े से ढँकी हुई थी। चेहरा देखने के पहले

वीर ने मन में सारे भगवान् को याद किया लेकिन भगवान ने उसकी नहीं सुनी। अपने पापा को देखकर वीर चौंक गया लेकिन उसकी आँखों में आँसू नहीं आये। वह जम गया था। पत्थर हो गया।

"ये ही हैं क्या? तुम्हारे चेहरे से तो लग रहा है ये ही हैं।"

"हम्म।" चिंटू ने धीरे से कहा।

"तो लाओ 500 रुपये दो।"

चिंटू भईया ने बिना कुछ कहे जेब से पैसे निकालकर दे दिए। हवलदार के जस्बात की क़ीमत 500 रुपये थी। उसने प्रकाश जी की जेब से मिली डायरी वीर को सौंपी, कुछ काग़ज़ों पर sign करवाये और लाश को घर ले जाने की इजाज़त दे दी।

देवकी जी को अब भी यक़ीन नहीं हो रहा था उनका पति अब नहीं रहा। वह ख़ूब ज़ोर-ज़ोर से भगवान् को कोसने लगी और ख़ूब रोयी। रोना वीर भी चाहता था लेकिन रो नहीं पा रहा था। उसने बस हल्के से आँख साफ़ की और अंतिम संस्कार की प्रकिया में जुट गया।

प्रकाश जी की डायरी वीर की जेब में ही थी। वह उसके लिए कुछ छोड़ गये थे।

"वीर मैं यह क़दम उठा रहा हूँ उसका मतलब यह मत समझना में कायर हूँ। लेकिन यह क़दम उठाना अब ज़रूरी हो गया है। उन लोगों ने मेरी सालों में कमायी इज़्ज़त मिट्टी में मिला दी। अगर मैं तुम्हारा सोचकर रुक भी गया तो वह घर आ जायेंगे और शायद घर का भी वही हाल करेंगे जो दुकान का किया। बेटा बदले की भावना मन में मत रखना ग़लती मेरी ही थी। मेने बहुत ज़्यादा पैसा उधार लिया था। तू मम्मी का ख़याल रखना। अब तू घर का बड़ा है। मेरी इच्छा तो थी की तेरे बड़े हो जाने पर कहूँगा अब से मेरी सारी चीज़ें तेरी लेकिन मेरा तो सब कुछ उन लोगों ले लिया। (फ़ोन, पर्स, घड़ी, गाड़ी) तू सब ख़ुद से कमाना और बहुत बड़ा आदमी बनना। टूटना मत कुछ भी हो जाये।

हर्ष जैन

जहाँ एक तरफ़ देश आज़ादी की 66 वीं वर्षगाँठ मना रहा था वहीं एक परिवार सँभलने की कोशिश कर रहा था। 15 दिन बाद भी देवकी जी का रोना नहीं रुका। वीर एक बेटा होने का फ़र्ज़ निभाने की पूरी तरह से कोशिश कर रहा था। वह दिन भर देवकी जी की देखभाल करने में व्यस्त रहता था। प्रकाश जी की मौत के बाद से देवकी जी एक भी दिन घर से बाहर नहीं निकली थी इसलिए वीर ने आज उन्हें परेड देखने के बहाने पड़ोसियों के साथ बाहर भेज दिया। वीर को भी अकेले समय चाहिए था वह भी अन्दर ही अन्दर घुट रहा था। उसने एक तारीख़ के बाद मीरा से बात तक नहीं की थी। मीरा का भी वहाँ मन नहीं लग रहा था। वह वीर से मिलने उज्जैन आ गयी।

"वीर मैं तुमसे मिलना चाहती हूँ।" मीरा ने मैसेज किया लेकिन जब थोड़ी बाद भी वीर ने रिप्लाई नहीं किया तो मीरा ने फ़ोन कर दिया।

"वीर।"

"हम्म।"

"मैं मिलना चाहती हूँ।"

"आज नहीं मीरा।"

"प्लीज़ वीर, मैं सिर्फ़ तुम्हारे लिए ही भोपाल से यहाँ आयी हूँ।"

"अच्छा मैं घर ही आ जाती हूँ। आ जाऊँ?"

वीर ने कोई जवाब नहीं दिया। मीरा वीर के घर पहुँच गयी।

"यहाँ क्यों आई हो मीरा?"

"प्लीज़ वीर ऐसा मत बोलो।" कहते हुए मीरा अन्दर आ गयी।

दोनों सोफे पर बैठ गये। चुप। मीरा को समझ नहीं आ रहा था वह क्या कहे उसने वीर को गले लगा लिया वीर ने कुछ रियेक्ट किया। मीरा ने बची हुई थोड़ी सी दूरी भी ख़त्म कर दी। वीर ने कुछ सेकण्ड तक कुछ नहीं कहा लेकिन फिर अचानक ही ज़ोर-ज़ोर से दहाड़े मारकर रोने लगा। उसने कई दिनों से अपने आप को रोक रखा था। वह अपनी माँ के सामने अपने आप को मज़बूत दिखा रहा था। लेकिन मीरा के गले लगते ही ख़ुद को रोक नहीं पाया। मीरा ने उसे नहीं

रोका, उसे पता था वीर को इसकी ज़रूरत है। लेकिन आँसू अब मीरा की भी आँखों से बह रहे थे। मीरा के टॉप का छाती वाला हिस्सा वीर अब तक अपने आँसुओं से भिगा चुका था। कई दिनों बाद उसे अपने अंदर कुछ पिघलता हुआ महसूस हुआ।

"मैं थोड़ी देर और ऐसे ही रहना चाहता हूँ।"

"हम्म।"

वीर ने मीरा को कसकर पकड़ा हुआ था। बिना बोले ही दो मन बात कर रहे थे। एक-दूसरे को साथ होने की तस्सली दे रहे थे। अभी 10 बज रही थी। वीर को पता था देवकी जी 12 बजे के पहले नहीं आयेंगी।

मीरा ने प्यार से पूछा, "तुमने कुछ खाया ?"

"नहीं।"

मीरा किचन में गयी और एक प्लेट में पोहे में निकाल लायी।

"मीरा।"

"हम्म।"

वीर कहना तो चाहता था की मन नहीं हैं लेकिन मीरा को अपनी तरफ़ चम्मच बढ़ाते देखकर उसने चुपचाप खा लिया। मीरा तब तक खिलाती रही जब तक उसे नहीं लगा वीर का पेट भर गया है। वीर ने आज कई दिनों बाद ठीक से खाया।

"मीरा मुझे नहीं लगता मैं कभी डायरी में लिखूँगा वो डायरी तुम ले जाओ।"

"ठीके।"

अपने कमरे में से डायरी लाने के बाद वीर मीरा के पास बैठ गया। दोनों ने उस डायरी में दर्ज पलों को छूकर थोड़ा-सा फिर जीया। वीर ने ख़ुद वह डायरी मीरा के बैग में रखी और वापस उसके सीने पर सर रख दिया। मीरा का हाथ वीर के बाल सहला रहा था। ऐसे ही दोनों की नींद कब लगी पता ही नहीं चला।

देवकी जी को ग्राउंड में आए एक घंटा हो गया था। उनका परेड देखने में अब भी मन नहीं लग रहा था इसलिए पड़ोसियों को वही छोड़कर वह अकेली घर आ गयी। वीर और मीरा अब भी अपनी ही दुनिया में घूम थे।

हर्ष जैन

"वीर..वीर .."

देवकी जी ने दो तीन बार आवाज़ लगायी लेकिन न तो वीर की नींद खुली और न मेरी की। देवकी जी ने अपने पर्स में से घर की दूसरी चाभी ढूँढ़ी और फिर ख़ुद ही लॉक खोलकर अन्दर आ गयी। वीर अब भी मीरा की बाँहों में था। यह देखकर देवकी जी चौंक गयी।

"वीर!" उन्होंने ज़ोर से चिल्लाया।

मीरा एकदम से खड़ी हो गयी और काँपने लगी। वीर भी खड़ा हो गया। लेकिन वह सफ़ाई में कुछ कहता इससे पहले देवकी जी ने उसे ज़ोर का चाँटा मारा और ख़ुद रोने लगी। दो बूँद वीर की आँखों से भी गिरे।

"अगर ये ही सब करना था तो बता देता मैं भी तेरे पापा के साथ चली जाती।" देवकी जी ने रोते हुए कहा।

"नहीं मम्मी ऐसा नहीं हैं।" वीर ने रुँधे हुए गले से कहा।

"तो वादा कर आज के बाद इससे कभी बात नहीं करेगा, वर्ना मैं मर जाऊँगी।"

देवकी जी की इस बात ने मीरा के मन में कई सवाल खड़े कर दिये। उसने वीर की आँखों में देखकर पूछा क्या सच में ऐसा होगा लेकिन वीर की आँखों ने कोई जवाब नहीं दिया। वह बस फ़र्श पर ही टिकी रही।

"बोल वीर वर्ना मैं.."

"ठीके।" देवकी जी की बात काटते हुए वीर ने कहा। वीर आगे कुछ कहता इससे पहले मीरा वहाँ से निकल गयी।

15 अगस्त के दिन बारिश हुई। मीरा के आँसू बरसात के पानी में मिल गये। थोड़ी देर पहले अपने अन्दर जो वीर को पिघलता हुआ महसूस हुआ था वह फिर से जम गया। मीरा के साथ ज़िन्दगी बिताने का सपना भी जम गया। मीरा ने रात को रो-रोकर अपनी बेडशीट भी भीगा दी। वीर के आँसू सूख गये। उसने उस दिन मीरा ही नहीं अपने चेहरे की मुस्कान भी खोयी।

2020

2012 के बाद सीधा 2020 लिख देना बहुत आसान हैं लेकिन इन सालों में जो कुछ हुआ वह बताना बहुत मुश्किल। वीर ने उस दिन के बाद अपना शहर छोड़ दिया और काम के बहाने बॉम्बे चला गया। (पढ़ाई छोड़ दी) वहाँ की चॉलों में रहा, काम के लिए भटकता रहा लेकिन बहुत समय तक काम नहीं मिला। उसके पास पैसे भी कम थे और उधारी से वह डरता था इसलिए भूखा रहने लगा। कभी-कभी किसी इवेंट में वेटर का काम करके 300-400 कमा लेता जिसे 10-15 दिन चलाता। इतने कम पैसों में गुज़ारा करना मुश्किल है लेकिन पेट भरना सिर्फ़ पेट का ही नहीं दिमाग़ का भी काम होता है। वीर बस पानी और बिस्कुट पर रहने लगा। फिर कई दिनों तक बॉम्बे में रहने के बाद वीर को समझ आया बॉम्बे में इंदौर और उज्जैन के मुक़ाबले सस्ते कपड़े मिलते हैं। (बॉम्बे में हर स्टेशन के बाहर 50-100 रुपये की टी-शर्ट मिलती हैं) जिन्हें वह इंदौर में आराम से 200-300 रुपये में बेच सकता है। लेकिन व्यापार करने के लिए पूँजी चाहिए होती है जो वीर के पास नहीं थी लेकिन उस दिन बाद से उसने पैसे जोड़ना शुरू कर दिये। कुछ समय में उसे एक सीरियल के सेट पर runner boy का काम मिल गया (एक जगह से दूसरी जगह सामान पहुँचाने का काम) उसने कुछ महीनों तक वही काम कर के पैसे जमा किये। लेकिन सेट पर ही अच्छा खाना-पीना मिल जाता था इसलिए काम छोड़ने का वीर का मन नहीं कर रहा था पर फिर भी उसने छोड़ दिया। और थोड़े दिन बाद वह बॉम्बे से इंदौर आना-जाना करने लगा। उसने चॉल भी छोड़ दी (जिससे रहने के भी पैसे बचे) और सामान के साथ रात को स्टेशन पर ही सोने लगा। वह दो साल तक यही करता रहा। कई बार दिक़्क़तें आयीं। कुछ दूकानदार पैसे खा गये, एक दो बार माल भी ख़राब मिला पर फिर भी वीर टूटा नहीं। लेकिन उसने मन यह सवाल में कई बार आया "क्या पापा ने ग़लत उठाया था या कुछ उपाय निकल सकता था?" शायद पापा ज़िन्दा होते तो आज उसकी ज़िन्दगी कुछ और होती।

कुछ साल बाद -

सालों की मेहनत के बाद वीर ने पी.एस. नाम से ख़ुद का कपड़ों का ब्रांड

हर्ष जैन

खड़ा कर दिया। जो फ़िलहाल कई शहरों में पसंद किया जा रहा था। लेकिन वीर इसे इंटरनेशनल स्तर पर ले जाना चाहता है। जिसके लिए वह दिन-रात मेहनत करता है। अब उसके पास ख़ुद की 50 लोगों को टीम हो गयी है और इंदौर में अच्छा नाम भी। 2016 के बाद ही वह यहाँ शिफ़्ट हो गया था और देवकी जी भी उसके पास आ गयी थी लेकिन दोनों के बीच की दूरियाँ अब भी क़ायम थी। देवकी जी दान-धर्म के काम में व्यस्त रहने लगी थी और वीर अपने काम में। लेकिन लगातार काम करते रहने के कारण वीर डिप्रेशन में चला गया। हालाँकि दुनिया वीर को एक यंग सक्सेसफुल इंसान समझती थी लेकिन वीर का बस बिज़नेस ही बढ़ता जा रहा था असल ज़िन्दगी में वह पीछे छुटता जा रहा था। हँसी-मज़ाक़ उसकी ज़िन्दगी से पूरी तरह से ग़ायब हो चुके थे यहाँ तक की उसे सोने के लिए भी नींद की गोली की ज़रूरत पड़ने लगी थी।

2020 वाला मार्च

फ़रवरी में इंदौर के एक कान्वेंट स्कूल से ऑफ़र आने के बाद मीरा वहीं शिफ़्ट हो गयी। उसे स्कूल के पास वाली गली में ही एक रूम मिल गया। हालाँकि कल्याणी जी और नरेश जी नहीं चाहते थे मीरा नौकरी के लिए बाहर जाये लेकिन वह पहले भी पढ़ाई के लिए बाहर रह चुकी है और फिर इंदौर से उज्जैन दूर नहीं है ऐसा बोलकर उसने अपने मम्मी पापा को मना लिया। इंदौर से उज्जैन सच में दूर नहीं हैं वह चाहती तो रूम लेने की बजाय रोज़ आना-जाना कर सकती थी लेकिन उसने रूम लिया। अब रोज़ सुबह जाना, वहाँ से आकर थोड़ा आराम करना, (स्कूल से आते-आते 5 बज जाती है) मम्मी से बात करते हुए खाना बनाना और खाकर सो जाना। यही मीरा की आम सी ज़िन्दगी थी जो उसने सबको बताया हुआ था। जो नहीं बताया था वह यह की रात को सोने से पहले रोज़ डायरी लिखना। आगे लिखे पन्नों को पढ़कर मुस्कुराना और उन पलों में खो जाना और कभी-कभी थोड़ा रो लेना। यह डायरी ही है जिसने मीरा को मीरा बनाये रखा है। मीरा यहाँ अपने मन की बात लिख देती और उसे लगता जैसे उसने किसी को बता दिया हैं। किसी अपने को जिसको वह बताना चाहती हैं लेकिन बता नहीं पा रही हैं। शायद उसी को जिसका नाम डायरी के सबसे पहले पन्ने पर बड़े अक्षरों में लिखा हैं। वीर।

देखा जाये सब कुछ ठीक चल रहा था (कम से कम लग तो ऐसा ही रहा था) की तभी सरकार ने चाइना से आए वायरस के कारण पहले जनता कर्फ़्यू लगाया और उसके बाद बाद 21 दिन का लॉकडाउन लगा दिया। किसी को नहीं पता था ऐसा कुछ होने वाला है लेकिन कॉर्पोरेट में नौकरी करने वालों को यह आराम करने का, परिवार के साथ समय बिताने का सुनहरा मौक़ा दिख रहा था और धंधा करने वालों को अपना नुक़्सान। मीरा अब भी इंदौर में अकेली ही रह रही थी। पिछले दो दिनों में उसने घर में बैठकर शाहरुख़ ख़ान की पिक्चर देखी और tiktok पर विडियो बनाये। वीर घर पर बैठकर अपने डिज़ाइनर्स से कपड़ों के डिज़ाइन मँगवा रहा था। सुनने में आया था गर्मी में कोरोनो ख़त्म हो जायेगा। गर्मी का मौसम बस लगभग आ ही गया था इसलिए वीर ऐसी डिज़ाइन

चुन रहा था जिनको लॉकडाउन ख़त्म होते ही प्रोडक्शन में भेज सके। फ़िलहाल लॉकडाउन सिर्फ़ 21 दिन का लगा था। इतने दिन बिना काम किये रहना वीर के लिए मुश्किल था लेकिन मीरा के लिए जी भरकर आराम करने का मौक़ा था। इस वक़्त वह फ़ोन में netflix पर शाहरुख़ ख़ान की "दिल से" देख रही थी की तभी नरेश जी का फ़ोन आ गया-

"हेल्लो बेटा, क्या कर रही है?"

"पिक्चर देख रही थी पापा।"

"यार बेटा इतने दिनों तक कमरे में अकेले कैसे रहेगी?"

"रह लूँगी पापा बस थोड़े ही दिनों की तो बात हैं और फिर मैंने खाने पीने का सारा सामान भर लिया है।"

"लेकिन मेरा मन नहीं मान रहा बेटा। मैं तो तुझे पहले ही आने के लिए कह रहा था।"

"its okay पापा।"

"अरे जिस बात के लिए फ़ोन किया हैं वो तो बोलो।" पीछे से कल्याणी जी ने कहा।

"हाँ-हाँ बोल रहा हूँ।" नरेश जी ने फ़ोन के स्पीकर पर हाथ रखकर कहा।

"बेटा मैं.. मतलब तेरी मम्मी और मैं सोच रहे थे की अभी तेरे पास टाइम हैं और हम भी फ्री हैं.."

"तो?"

"बेटा लड़का देखना शुरू कर दे?"

"पापा मैं सोच के बताऊँगी।"

फ़ोन रखने के बाद मीरा ने गहरी साँस ली और आँख बंद कर के लेट लगी। ऐसे वीर से अलग हुए उसे कई साल बीत गये लेकिन शायद इतने सालों बाद भी वह आगे नहीं बढ़ पायी। आज की भाषा में कहें तो उससे मूव ऑन नहीं हो पाया। और शादी की बात सुनते ही उसके मन में कई सवाल में उठने लगे जैसे क्या उसे सच में किसी अजनबी लड़के से शादी करनी पड़ेगी? क्या वह डायरी के पहले पन्ने पर लिखा नाम सिर्फ़ डायरी तक ही सीमित रह जायेगा? क्या कोई

और भी गालों को छुएगा? गले लगायेगा? प्यारी बातें करेगा? अपनी ख़यालों में खोयी हुई मीरा को पता ही नहीं चला कब शाम हो गयी। हालाँकि नरेश जी का इसी बिच एक बार फिर फ़ोन आया था। वह मीरा की किसी लड़के से बात करवाना चाहते थे। लेकिन मीरा ने कोई जवाब नहीं दिया। वह बस कमरे के चारों तरफ़ देखने लगी और उसकी नज़र डायरी पर आकर टिक गयी। डायरी ने भी मीरा से वही सवाल किया जो उसके मन में चल रहा था "इतने सालों तक तो किसी को हाँ नहीं की अब क्या अजनबी से शादी करेगी?" कई बार कोई सवाल हमें इतना परेशान कर देता हैं की लगता है हर चीज, हर इंसान हमसे वही सवाल पूछ रहा है। मीरा ने पहले तो डायरी को तकिये की नीचे छुपा दिया लेकिन सवाल तो अब भी वैसा ही खड़ा था। कहते हैं जब मन में सवाल, करो और नहीं करो का हो तो कर लेना चाहिए। मीरा ने भी वही किया। उसने फ़ोन उठाकर किसी को कॉल कर दिया। फ़ोन की घंटी कुछ देर तक बजती रही , किसी ने फ़ोन नहीं उठाया। मीरा का मन वैसे ही डगमगा रहा था। उसने फ़ोन काटने का सोचा, लेकिन वह रखती इससे पहले देवकी जी ने फ़ोन उठा लिया।

"हेल्लो मीरा।"

"हेल्लो।"

"कैसी हो?"

"ठीक हूँ।"

"तुमने कुछ सोचा?"

मीरा हाँ तो करना चाहती थी लेकिन अभी भी उसका मन डगमगा रहा था।

"मुझे पता हैं तुम अभी भी वीर को चाहती हो।"

"ऐसी बात नहीं हैं।"

देवकी जी को सच पता था वह मुस्कुराने लगी। "तो तुम उसकी मदद करोगी हैं न?"

"पहले आप मुझे वो सब बताइए जो इतने सालों में हुआ।"

"ठीके।"

"बेटा उस दिन के बाद वीर भी..." देवकी जी ने अपने कमरे का दरवाज़ा

हर्ष जैन

अंदर से बंद किया और सारी बात शुरू से बताने लगी।

1 घंटे बाद -

देवकी जी ने मीरा को बताया कैसे वीर ने नीचे से उठकर P.S. को इतना बड़ा ब्रांड बनाया, कैसे एक छोटे से मकान से बंगले में ले आया, कैसे महीने की आय लाखों रुपये हो गयी। लेकिन यह बातों तो कानों को अच्छी लगने वाली बात थी। जो चुभने वाली बात थी वह थी की वीर को सपने में उसके पापा की मर्त शरीर दिखता हैं। जिस कारण वह सो तक नहीं पाता है, बहुत परेशान रहता हैं और देवकी को कभी कुछ बात नहीं बताता, फिर चाहे वह बीमार हो और तो ओत वह त्यौहार के दिन भी आम दिनों जैसे दिनभर काम करता है और हँसी मज़ाक़ करना तो जैसे एकदम भूल ही गया। देवकी जी की बात सुनकर मीरा को बहुत बुरा लगा। उसने डायरी खोली और लिखने लगी।

25.03 .20

"आज पापा शादी के लिए कह रहे थे। मैंने उनकी बात का कोई जवाब नहीं दिया। मेरी आंटी से भी बात हुई। इतने सालों में जो कुछ भी हुआ उन्होंने सब बताया लेकिन मुझे नहीं पता था तुम इतने बदल जाओगे वीर। but i promise मैं तुम्हारे चेहरे पहले जैसी मुस्कुराहट लाकर रहूँगी।"

कई बार मन में दबे प्यार को जगाने के लिए सिर्फ़ चंद शब्दों और छोटी वजह सी ही काफ़ी होती है। वह काम देवकी जी ने मीरा के लिए कर दिया था। इस वक़्त रात की 10 बज रही थी। मीरा अभी सोच ही रही थी की वह वीर से कैसे बात की शुरूआत करेगी की तभी उसे घंटी बजने की आवाज़ सुनायी दी। लेकिन लॉकडाउन में इस वक़्त कौन आ सकता है? मीरा ने दरवाज़े में बने गोल छेद से देखा। बाहर अजय खड़ा था। मीरा ने राहत की साँस ली और दरवाज़ा खोला। अजय मीरा की गली में ही रहता हैं। इस एरिया का थानेदार हैं और नरेश जी के दोस्त का लड़का भी। दोनों एक-दूसरे को जानते तो पहले से ही थे लेकिन मीरा के इंदौर आने के बाद दोनों की दोस्ती भी हो गयी।

"तुम, इस वक़्त?" मीरा ने दरवाज़ा खोलते हुए पूछा।

"हाँ पूछने आया था किसी चीज़ की ज़रूरत तो नहीं हैं न।"

"नहीं-नहीं आओ अंदर।"

दोनों सोफे पर बैठ गये।

“चाय पियोगे?”

अगर कोई और यह सवाल पूछता तो शायद अजय का जवाब होता खाने के समय चाय कौन पीता हैं लेकिन उसने कहा, “ठीके।”

मीरा चाय बनाकर ले आयी। दोनों के हाथ में अपने-अपने कप थे। अजय के पेट में चूहे दौड़ रहे थे लेकिन यहाँ तो सिर्फ़ चाय ही थी।

“लॉकडाउन में तो अकेले तुम घर में बोर हो जाओगी?”

“नहीं मै तो जी भरकर सोऊँगी। वैसे मैंने amazon और netflix का सब्सक्रिप्शन ले लिया हैं।”

“हृम्म सही किया।”

“लेकिन तुम्हारा अच्छा हैं यार, दुनिया घर में बंद हैं तुम बाहर घूम रहे हो।”

“लेकिन डर भी तो रहता हैं कही कोरोना हो गया तो, और अभी तो कोई ट्रीटमेंट भी नहीं हैं।”

“फिर तो तुम मुझसे दूर ही रहो।” मीरा ने मज़ाक़ करते हुए कहा।

उसी वक़्त अजय को छींक आ गयी और मीरा की हँसी निकल गयी। उसे इस तरह हँसते देखकर अजय की इच्छा तो हो रही थी की तुरंत फ़ोन निकालकर इस पल को कद कर ले। लेकिन उसे यह इच्छा दबानी पड़ी। दोनों ने चाय ख़त्म की।

“अच्छा मैं चलता हूँ कुछ भी चाहिए हो तो बता देना सोचना मत। शर्माना मत। आख़िर दोस्त ही तो दोस्त के काम आता है।” कहते हुए अजय चला गया।

अजय की बात से मीरा को अपने पुराने दोस्त उमंग और छाया याद आ गये। वही इस वक़्त उसकी मदद कर सकते हैं। लेकिन वीर से अलग होने के बाद मीरा ने स्कूल के सारे दोस्तों से बात करना बंद करती थी। और फिर ऐसे फ़ोन कर के एकदम से मदद माँगना भी ठीक नहीं हैं। इन बातों में उलझी मीरा कुछ सेकण्ड के लिए रुकी लेकिन अगर बात ख़ुद की होती तो शायद वह फ़ोन भी नहीं करती लेकिन उसने तुरंत फ़ेसबुक से उमंग का नंबर निकाला और फ़ोन कर दिया। कुछ देर तक घंटी बजती रही फिर किसी लड़की ने उठाया।

“हेल्लो कौन?” उस तरफ़ से आवाज़ आयी।

हर्ष जैन

"छाया?" मीरा को आवाज़ जानी पहचानी लगी।

"हाँ, कौन।"

"अरे मैं मीरा, तू कैसी है? उमंग कैसा है?"

"अच्छे हैं। तू बता कैसी है? इतने सालों बाद याद कैसे आ गयी?"

मीरा को समझ नहीं आया कैसे कहे। उसने हिचकिचाते हुए कहा, "एक हेल्प चाहिए थी।"

"बोल।"

"उमंग से बात करवा सकती है?"

"पास ही है, बोल। मैं स्पीकर पर करती हूँ।"

"उमंग?"

"हाँ मीरा। कैसी हैं?" उमंग सारी बात सुन रहा था।

"अच्छी हूँ। तेरी वीर से बात होती हैं क्या?"

"नही होती। लेकिन तेरी कौन-सी होती हैं? उसकी किसी से बात नहीं होती यार।"

मीरा से अलग होने के बाद वीर ने भी सबसे बात करना बंद कर दी थी। उमंग ने उससे कई बार बात करने की कोशिश की लेकिन फिर भी उसने कोई जवाब नहीं दिया। यहाँ तक की वह उमंग के बुलाने पर उसकी शादी में नहीं गया। उमंग उस बात से अब तक बहुत नाराज़ है।

"मैं पहले बात नहीं करती थी उमंग लेकिन अब करूँगी।"

"वापस एक साथ होने का इरादा हैं क्या?" उमंग ने मज़ाक़ करते हुए कहा।

"उसे हमारी ज़रूरत है उमंग।"

"पी.एस. के सीईओ को हमारी ज़रूरत क्यों पड़ने लगी?"

"हम्म, चल रखती हूँ बाय।" उमंग की बाते सुनकर मीरा को सारी बात बताना ठीक नहीं लगा।

टू वीर

अभी रात की 1 बज रही थी। मीरा बार-बार डायरी के पन्ने पलट रही थी कि तभी उसकी नज़र एक तारीख़ पर गयी। 25 फरवरी 2012 जिसके नीचे लिखा था, आज तुम बहुत ख़ूबसूरत लग रही थीं।" उस लाइन को पढ़कर मीरा को एक आइडिया आया। उसने फ़ेसबुक खोला और स्कूल के पेज पर जाकर उस दिन की फ़ोटो निकालकर वीर को भेज दी। नींद की दवाई लेने के बाद भी वीर को नींद आ रही थी। शायद बुरे सपने आने का डर उसके मन कुछ ज़्यादा ही बैठ गया था इसलिए जैसे ही मीरा ने फ़ोटो भेजी उसने तुरंत देख ली। किसी अनजान नंबर से आयी फ़ोटो का वीर ने पहले dp देखा। इस चेहरे को देखकर वीर चौंक गया। उसने तुरंत फ़ोटो खोला। यह फ़ोटो fairwell का था इसमें वीर मीरा के ठीक पास में खड़ा था और चेहरे पर इतना बड़ी मुस्कुराहट थी जैसे किसी ने छोटे बच्चे को नया खिलौना दे दिया हो। वह दिन याद आते ही वीर के होंठ हल्के से फैल गये। यह घटना बहुत समय बाद घटी थी। फ़ोटो पर ब्लू टिक आते ही मीरा समझ गयी वीर ने फ़ोटो देख लिया लेकिन उसने कोई जवाब नहीं दिया। वीर को समझ भी नहीं आ रहा था अचानक से इतने सालों बाद मीरा के नंबर से एक फ़ोटो आने पर पर क्या कहे!

"कुछ याद आया?" मीरा ने ही टाइप किया लेकिन फिर हटा दिया।

वीर ने मीरा को टाइप करते हुए देख लिया था लेकिन कुछ नहीं कहा। तभी अचानक से मीरा को एक मच्छर तंग करने लगा। पहले उसने मीरा के हाथ पर काटा फिर मीरा ने वहाँ से भगाया तो मच्छर ने उसके गाल को निशाना बनाया। मीरा पहले ही परेशान थी और मच्छर ने हद कर दी थी अब उसने मच्छर को टारगेट करने की ठान ली और गाल पर ज़ोर से मारा। जिससे मच्छर तो उड़कर फ़ोन पर आकर बैठ गया लेकिन मीरा का गाल लाल हो गया और आँखों में हल्के आँसू आ गये। जिन्हें पोंछकर मीरा एक योद्धा की तरह अपने शत्रु के पीछे पड़ गयी। फ़ोन बिस्तर पर रखा था और मीरा एकदम धीरे-धीरे उसके क़रीब जा ही रही थी। whatsapp अब भी खुला ही था। मीरा ने तपाक से फ़ोन पर दे मारी जिससे अपने मिशन में तो कामयाब हो गयी लेकिन उसके साथ

वीर को whatsapp पर call भी लग गया। मच्छर को मारने वाली योद्धा अब घबरा गयी। उसे समझ ही नहीं आ रहा था क्या करे, क्या फ़ोन काट दे? लेकिन फिर भी वीर को पता चल ही जायेगा। या फ़ोन काटकर तुरंत सॉरी मैसेज कर दे। असमंजस में पड़ी मीरा कुछ कर पाती इससे पहले वीर ने फ़ोन उठा लिया। उसकी अब नींद भी नहीं लगी थी लेकिन अब उसके दिमाग़ में अपने पापा के शरीर के अलावा मीरा की भी यादें भी घूम रही थीं।

"हेल्लो।" वीर ने घड़ी की तरफ़ देखते हुए कहा। अब रात की 1: 30 बज चुकी थी।

वीर के फ़ोन उठाते ही मीरा के कान गरम हो गये।" सॉरी ग़लती से लग गया।"

"हम्म।"

वीर फ़ोन काटने ही वाला था की तभी मीरा ने पूछा, "तुम अब तक सोए नहीं?"

"नहीं नींद नहीं आयी, और तुम?" वीर ने फ़ॉर्मेलिटी के लिए पूछ लिया।

"मुझे भी नींद नहीं आयी। फ़ोटो देखा?"

वीर के मन में तो था की हाँ, तुम काली साड़ी में बहुत सुंदर लग रही थी लेकिन उसने कहा, "हाँ देखा।"

"मुझे वो फ़ेसबुक से अपने स्कूल के पेज से मिला तो सोचा भेजूँ।"

"हम्म, अब सो जाओ मीरा टाइम हो रहा है।"

वीर ने फ़ोन रख दिया और सोने की कोशिश करने लगा लेकिन अब मीरा को नींद कहा आने वाली थी। उसका तो वीर के प्रति मन में बचा हुआ गुस्सा भी अब रफू-चक्कर हो चुका था। उसकी मजबूरी थी, वह सच में परेशान है, उसे मेरी ज़रूरत हैं इस तरह की बातें फिर मीरा के मन में आने लगी। (प्यार हमें अँधा नहीं बनाता है पर वह बच्चा बना देता हैं जो बहुत इनोसेंट हो) मीरा तो इतने सालों बाद वीर से बात करने के बाद अपनी ही दुनिया में गुम हो गयी थी। साथ बिताये हर पल, साथ में लिया वह ठहाका, वह किस, वह सब उसकी आँखों के सामने घूमने लगा। (प्रेमियों की अपनी एक दुनिया होती हैं जिसमें जीने के लिए उन्हें

किसी की ज़रूरत नहीं होती। अपने प्रेमी की भी नहीं) कोशिश करने पर भी न थमने वाली मुस्कुराहट के साथ मीरा ने अलमारी में से लेटर्स निकाले और पढ़ने लगी। पढ़ते वक़्त मीरा के चेहरे की मुस्कुराहट थोड़ी और बढ़ गयी। वीर के दिये लेटर्स उसने अब तक सँभाल कर रखे थे।

थोड़ी देर तक लेटर्स को पढ़ने-चूमने के बाद, डायरी के पन्ने उल्ट-पलट करने के बाद जब मीरा अपनी दुनिया से बाहर आयी तो उसने सोचा वह भी वीर को लैटर लिखेगी। (पहले वीर को लेटर्स पसंद थे पर अब पता नहीं) लेकिन लैटर में लिखेगी क्या? उसने तो पहले भी वीर को कभी लैटर नहीं लिखे। मीरा ने तुरंत फ़ोन उठाकर गूगल पर टाइप किया "लैटर टू बॉयफ्रेंड"। गूगल बाबा ने कई सारे लैटर मीरा के सामने खोल के रख दिए लेकिन लड़कियों को कोई भी चीज़ पसंद करवाना इतना आसान कहाँ। मीरा को ऐसा कोई भी लैटर पसंद नहीं आया जिसे वो पूरा एक पन्ने पर छाप दे लेकिन कई सारी लैटर देखने के बाद मीरा को एक चीज़ तो समझ आयी कि सब में उन लड़कियों ने अपने बॉयफ्रेंड के साथ जिए मोमेंट्स के बारे में बातें की थी। मीरा ने भी वही करने का सोचा और कॉपी से एक पन्ना फाड़कर कोशिश में लग गयी।

पन्ने लिखने-फाड़ने की प्रक्रिया को दोहराते हुए जब सुबह की 5 बज गयी तो मीरा ने आख़िरी में लिखे लैटर के साथ समझौता करना ही ठीक समझा और फिर अब तक वह बहुत थक गयी थी। रात भर जागने के कारण उसकी आँखें अपने आप बंद हो रही थी पर मीरा को तो अब दूध वाले के आने तक जागना था, अपने आपको जगाये रखने के लिए मीरा किचन में गयी और फ्रिज में दूध की तपेली निकाली (जितना दूध हम पीने के बाद छोड़ देते उससे बस थोड़ा-सा ज़्यादा दूध मीरा के पास बचा था) और उसमें पानी मिलाकर मीरा ने अपने लिए चाय बनायी और टहलते हुए सुड़कने लगी।

6 बजे तक दूध वाला आ गया। रोज़ की तरह वह आज भी थैली बाहर रखकर ही चले जाता लेकिन उसके चढ़ाव चढ़ने की आवाज़ आते ही मीरा ने दरवाज़ा खोल दिया। जिसे इस तरह लूस टी-शर्ट, शॉर्ट्स में देखकर दूध वाला एक पल को चौंक गया लेकिन फिर अपने आपको सँभालते हुए मुस्कुराने लगा और मीरा के हाथ में थैली थमा दी।

हर्ष जैन

“भईया आज एक थैली extra दे दो।”

“जी।” दूध वाले ने अपने झोले में से एक और आधा लीटर दूध की थैली निकालकर मीरा को पकड़ा दी।

“भैया आप पलासिया जाते हो क्या?”

“नहीं, वो हमारा रूट नहीं है।”

“अच्छा कुछ काम होगा तो आप जाओगे?”

“नहीं हमारा सिर्फ़ एक ही एरिया का कार्ड बना है उधर जायेंगे तो पुलिस वाले रोक लेंगे।”

लॉकडाउन के कारण हर जगह बहुत सख़्ती थी वरना मीरा जैसी ख़ूबसूरत लड़की के कहने पर दूध वाला पलासिया तो क्या चाँद पर भी चले जाये।

“चले जाओ न भैया।” मीरा ने क्यूट सा मुँह बनाते हुए कहा और जेब से 100 का नोट निकालकर आगे बढ़ा दिया।

“दूसरा कोई समय होता तो ज़रूर चले जाते लेकिन अभी माफ़ कीजिये।”

न जा पाने का मलाल दूध वाले को भी था। उसने सामने वाले फ़्लैट के बाहर भी थैली रखी और चला गया। मीरा बाहर ही खड़ी, वीर तक लैटर भेजने का कुछ और उपाय सोचने लगी की तभी उसे अख़बार वाला सीढ़ियाँ चढ़ता दिखा। मीरा को एक बार फिर उम्मीद की किरण नज़र आयी लेकिन अख़बार वाले ने भी मना कर दिया। अब पता नहीं मीरा वीर तक लैटर कैसे पहुँचायेगी।

सुबह 10 बजे-

वीर अपने कमरे में बैठकर काम कर रहा था की तभी देवकी जी ने टेबल पर पोहे की प्लेट रखते हुए पूछा, “खाना में क्या बनवाऊँ?”

“कुछ भी।”

“पनीर।”

“हम्म।” वीर ने लैपटॉप में कुछ ध्यान से पढ़ते हुए हाँ में सिर हिला दिया।

देवकी जी की और वीर की इतनी ही बात होती थी लेकिन देवकी जी अपनी तरफ़ से कोशिश करती रहती थी कि किसी दिन चमत्कार हो और वीर

पहले जैसा हो जाये लेकिन देखा जाये तो चमत्कार होता नहीं है करना पड़ता है और फिर अब तो देवकी जी को ख़ुद पर विश्वास नहीं था, मीरा ही उनकी आख़िरी उम्मीद थी। इधर मीरा की नींद सुबह 7 बजे लगी थी इसलिए निश्चित था वह 12-1 बजे के पहले तो नहीं उठने वाली लेकिन यह बात अजय को कहाँ पता थी उसने तो 11 बजे ही मीरा के घर की घंटी बजा दी। इस वक़्त मीरा बिस्तर पर ज़िन्दा लाश की तरह पड़ी हुई थी। पहली घंटी तो उसे सुनायी तक नहीं दी लेकिन दूसरी बार घंटी बजने पर वह खड़ी हुई और दरवाज़े की तरफ़ जाते हुए घंटी बजाने वाले को मन ही मन गाली देने लगी। तीसरी बार अजय घंटी बजाने का सोच ही रहा था की मीरा ने दरवाज़ा खोल दिया।

"आओ अजय।" मीरा ने उबासी लेते हुए कहा।

"मैं ग़लत टाइम पर तो नहीं आ गया?" अजय ने हिचकिचाते हुए कहा।

वह मीरा को इस तरह लूज टी शर्ट और शॉर्ट्स में देखकर थोड़ा चौंक गया था। मीरा सच में हॉट लग रही थी।

"नहीं, बैठो मैं आयी।"

मीरा कमरे में गयी और लोअर पहनकर वापस आ गयी। अजय के मन में अब तक मीरा की वही शॉर्ट्स वाली तस्वीर छप चुकी थी।

"बताओ कैसे आना हुआ?"

"थाने जा रहा था सोचा मिलता चलूँ।"

अजय को बस मीरा से मिलने का बहाना चाहिए था, क़िस्मत से वह और मीरा एक ही गली में रहते थे।

"नहीं फ़िलहाल तो कुछ नहीं, चाय पियोगे।"

"हम्म।"

नींद पूरी न होने के कारण मीरा का हल्का सिर दुःख रहा था जिसे शायद whatsapp पर आए फ़ॉरवर्ड के अनुसार सिर्फ़ चाय ही ठीक कर सकती थी और फिर चाय तो मीरा को भी पसंद है ही। दोनों ने चाय पीते हुए इधर-उधर की बात की और अजय जाने लगा।

"अजय।"

मीरा को समझ नहीं आ रहा था उसे अजय से कहने चाहिए या नहीं लेकिन अब कोई और रास्ता भी नहीं बचा था।

"बोलो।" अजय झट से मुड़ा जैसे वह रुकने का बहाना ही ढूँढ़ रहा हो।

"एक लिफ़ाफ़ा है पलासिया में किसी को देना हैं, पहुँचा दोगे?" आख़िर मीरा ने हिचकिचाते हुए पूछ ही लिया।

"बिल्कुल, मैं वैसे भी उधर ही जा रहा था।" अजय ने इस झूठ को बहुत साफ़ तरीक़े से बोला।

मीरा ने अंदर कमरे में जाकर letter को एक लिफ़ाफ़े में रखा और अजय को पकड़ा दिया।

"अच्छा जहाँ देना हैं उनका एड्रेस दे दो।"

"मैं whatsapp करती हूँ।"

लिफ़ाफ़े को जेब में रखकर अजय निकल गया। मीरा ने देवकी जी से पूरा एड्रेस लेकर अजय को भेज दिया और नीचे "देवकी सिंह" लिख दिया। कुछ ही देर में अजय उनके घर पहुँच गया। देवकी जी पहले से ही बाहर खड़ी थी।

"देवकी जी?" अजय गाड़ी से उतरकर गेट के पास आया।

"हाँ।"

"ये लीजिये।" अजय ने जेब में से लिफ़ाफ़ा निकालकर दिया।

"थैंक यू बेटा पानी पीओगे?"

"नहीं, मैं चलता हूँ।"

देवकी जी को देखने से अजय के मन में एक कहानी बन गयी। उसे लगा लिफ़ाफ़े में पैसे हैं और मीरा एक अधेड़ उम्र की विधवा औरत की मदद कर रही है। (हर इंसान को देखकर हम अपने में एक कहानी बना लेते हैं लेकिन हर बार वह सच नहीं होती) मन में यह ख़याल आते ही अजय की नज़रों में मीरा के लिए इज़्ज़त और बढ़ गयी। वीर इस वक़्त मार्केटिंग डिपार्टमेंट के साथ मीटिंग में बिज़ी था सो देवकी जी ने चुपचाप डेस्क पर लिफ़ाफ़ा रखा और चली गयीं।

रात 10 बजे -

दिनभर काम में बिजी रहने के कारण वीर को वह लिफ़ाफ़ा खोलने का मौक़ा ही नहीं मिला। अभी भी वह आँख बंद कर के बिस्तर पर लेटा हुआ था। लगातार लैपटॉप पर काम करने के कारण उसकी आँखें दुखने लगी थीं। कमरे की सारी लाइट भी बंद थी सिवाय डेस्क पर रखे लैंप के। वीर चाहता तो था की उसके बोलने से ही लैंप बंद हो जाये लेकिन ऐसा तो होने से रहा सो वीर ही आलस करते हुए लैंप बंद करने के लिए खड़ा हो गया और डेस्क के क़रीब जाने लगा। मीरा वाला लिफ़ाफ़ा ठीक लैंप के पास में रखा हुआ था। लैंप की रौशनी भी उस पर पड़ रही थी सो वीर की नज़र भी उस पर पड़ गयी। वीर ने जब उस लिफ़ाफ़े को पलटाकर देखा तो उसमें नीचे कोने में "टू वीर" लिखा हुआ था। यह राइटिंग वीर को जानी-पहचानी सी लगी। वह लिफ़ाफ़ा लेकर वहीं बैठ गया और लैंप की कम रौशनी में ही उस लिफ़ाफ़े में से लैटर निकालकर पढ़ने लगा।

"वीर,

तुमसे बात करने के बाद सारी पुरानी यादें आँखों के सामने घूमने लगी। तुम्हें वो दिन याद हैं जब हम चारों साथ में महाकाल मंदिर गये थे। वो कितना अच्छा दिन था, उस दिन कितना कुछ हुआ था, हैं न। मैं पहली बार तुम्हारे साथ गाड़ी पर बैठी थी, वहाँ अंदर घबराकर मैंने तुम्हारे हाथ पकड़ लिया था फिर हम पुराने मंदिर में जाकर बैठ गये थे। बस अब मैं इसके आगे नहीं कहूँगी लेकिन हाँ, एक बात हैं जो मैंने तब नहीं बतायी थी। तुमने उस दिन जो हरकत की थी उससे मैं नाराज़ नहीं हुई थी। पहली बार लैटर लिखा हैं कुछ गड़बड़ हो तो सॉरी।

मीरा (तुम्हारी लिखकर काटा हुआ था)

बहुत सोचने के बाद मीरा को पहले लैटर में इस मोमेंट के बारे में ही बात करना ही ठीक लगा। वीर को भी वह सब याद आ गया कैसे उसने और उमंग ने प्लान किया था। कैसे वह पोस्टपोन हुआ था और उसकी हॉस्पिटल की वह हरकत..।

(कई मोमेंट्स को हमेशा के लिए क़ैद कर के हम डब्बे में रखना चाहते हैं ताकि बार-बार जी सकें लेकिन ये नहीं हो सकता है इसलिए डायरी और लैटर बने हैं ताकि हम उन्हें पढ़कर बार-बार जी सकें)

मन में दबा प्यार

सालों पहले जब वीर और मीरा अलग हुए थे तब दोनों को कई चीज़ों का सामना करना पड़ा था जिससे मीरा तो शायद निकल गयी लेकिन वीर और धँसता गया। उसे अपने काम में तो धीरे-धीरे सक्सेस मिलने लगी लेकिन उसके लिए ज़िन्दगी से जीने की वजह जाती रही। "मैं ये सब क्यों कर रहा हूँ? क्या कर रहा हूँ? अगर अब मैं नहीं रहा तो इन पैसों से मम्मी आराम से रह सकेंगी।" उसके मन में इस तरह के ख़याल कई बार आते थे। अभी भी उसके मन में इसी तरह की बात चल रही थी। जब इंसान के लिए जीने का महत्व ख़त्म हो जाता हैं तो वो जीकर भी मर जाता हैं और मन में नेगेटिव थॉट्स आते आते रहते हैं। लैटर पढ़ने के बाद वीर को वह दिन याद आ गया जिस दिन वह और मीरा अलग हुए थे। इधर मीरा भी बैचैन थी उसे ठीक वैसा ही डर लग रहा था जैसे पेपर लिखने के बाद रिज़ल्ट के लिए लगता है। वह वीर के जवाब का इंतज़ार ही कर रही थी लेकिन वीर उससे कोई बात नहीं करना चाहता था शायद उसे पता हैं अगर उसने बात करना शुरू कर दी तो वह अपने आप को रोक नहीं पायेगा। और फिर वह देवकी जी को कैसे मनायेगा। इन सारी बातों पर सोचने के बाद वीर ने मीरा को फ़ोन कर दिया। मीरा तो जैसे इस पल का इंतज़ार ही कर रही थी उसने तुरंत फ़ोन उठा लिया।

"मीरा हम फिर से एक नहीं हो पायेंगे तुम फ़ालतू कोशिश मत करो।"

वीर के कहते ही मीरा की आँखों से 2-4 बूँदें गिर गयीं जैसे उसने तो किसी और ही चीज़ की उम्मीद की थी।

"तुम बहुत बदल गये हो वीर।"

"सब कुछ बदल गया है।"

"मैं तो नहीं बदली।"

"तुम क्या चाहती हो?"

"तुम्हारे उस बदले हुए हिस्से को ठीक करना।"

"मैं ठीक हूँ मीरा मुझे कुछ नहीं हुआ है।" वीर ने गुस्से में कहा।

"अगर ठीक होते तो लैटर के बारे में कुछ कहते।" मीरा ने चिढ़कर कहा।

"हम्म।" वीर के मन का कोना कहना तो चाहता था कि लैटर अच्छा लिखा हैं लेकिन वह कह नहीं पाया।

"वीर चीज़ें एक्सेप्ट कर लेने से आसान हो जाती हैं अगर कुछ हुआ है तुम मान लो मैं तुम्हारी मदद करूँगी।"

"ऐसा कुछ नहीं हैं मीरा और तुम्हें पता हैं मम्मी नहीं मानेंगी। तो फिर क्यों अपना और मेरा टाइम waste कर रही हो?"

मीरा कुछ कहती इससे पहले वीर ने फ़ोन रख दिया। मीरा वापस अपने काम में भिड़ गयी। उसने गूगल पर सर्च किया- "हाऊ टू हेल्प अ डिप्रेस्ड पर्सन" गूगल ने कई सारी सुझाव दिये जिसमें टॉप पर डॉक्टर्स से इलाज करवाने के बारे में लिखा और उसके नीचे कई सारी साइट्स थीं जिसमें अलग-अलग तरह की चीज़ें बतायी थीं। मीरा ने उन साइट्स से इनफ़ॉर्मेशन इक्कट्ठा कर के नोट्स बनाये और देवकी जी फ़ोन कर दिया। इस वक़्त देवकी जी सीरियल देख रही थीं। स्क्रीन पर मीरा का नाम देखते ही उन्होंने फ़ोन उठा लिया।

"आंटी वीर ने डिप्रेशन के लिए कभी किसी डॉक्टर को दिखाया?"

"हाँ बेटा पहले दिखाया तो था लेकिन अब का पता नहीं पर हाँ जैसे मैंने बताया था वो रात को नींद की गोली लेता है।

"वो तो डॉक्टर ने ही लिखी होगी न?"

"नहीं उसके एक दोस्त का मेडिकल है वहाँ से लीं।"

"अच्छा उन डॉक्टर का नंबर मिल सकता है?"

"मेरे पास तो नहीं हैं।"

"आपको नाम पता हैं?"

"नहीं।"

"आंटी मुझे कैसे भी कर के उनका नंबर चाहिए।"

"बेटा अगर में उसके फ़ोन में ढूँढूँ भी कैसे उसका वाला फ़ोन तो यूज़ करना ही नहीं आता।"

हर्ष जैन

“कौन-सा फ़ोन हैं?”

“नया वाला iphone है।”

“ठीके, मैं आपको कुछ भेज रही हूँ आप वो देख लेना।”

मीरा ने youtube से एक लिंक निकालकर देवकी जी को भेजी जिसे कई बार देखने के बाद देवकी जी को समझ आ गया iphone कैसे यूज़ करते हैं। अगले दिन सुबह जब वीर नहाने गया तो देवकी जी ने तुरंत फ़ोन उठाया और वैसा ही करने लगी जैसा विडियो में बताया था लेकिन उन्हें नंबर ढूँढ़ने में टाइम लग गया। अब तक वीर नहा चुका था। देवकी जी मीरा को नंबर तो भेज चुकी थी लेकिन उन्हें समझ नहीं आ रहा था वो वहाँ से delete कैसे करे। अचानक से बाथरूम की चटकनी खुलने की आवाज़ आयी, देवकी जी ने तुरंत सब कुछ दबा दिया उसमें delete का option भी select हो गया और नंबर के साथ मीरा की पूरी chat delete हो गयी। वीर बाल पोंछते हुए बाहर आ गया। देवकी जी ने तुरंत फ़ोन टेबल पर रख दिया।

“नहा लिया बेटा?”

“हाँ, क्या हुआ?”

“खाना बन गया।”

“ठीके।”

देवकी जी ने किचन में जाकर राहत की साँस ली और मीरा को फ़ोन कर के बताया की उसे नंबर भेज दिया है। मीरा इस वक़्त कपड़े धो रही थी लेकिन जैसे ही उसे पता चला देवकी जी ने उसे नंबर भेज दिया है उसने तुरंत हाथ पोंछकर डॉक्टर विवेक को फ़ोन लगा दिया। डॉक्टर विवेक का लॉकडाउन में क्लिनिक तो बंद था लेकिन काम चालू था। उन्होंने फ़ोन पर एक के बाद एक पेशेंट को टाइम दे रखा था। मीरा के दो बार फ़ोन लगाने पर भी उन्होंने काट दिया फिर थोड़ी देर बाद फ्री होकर मीरा को कॉल बेक किया मीरा ने झट से उठा लिया और बताया वो P.S. के सीईओ वीर सिंह की दोस्त बोल रही हैं जो शायद कुछ समय पहले उनसे मिलने आये थे। डॉक्टर विवेक को पहचानने में टाइम लगा लेकिन याद आ गया।

“तो तुम क्या चाहती हो मीरा।”

"सर मैं सब कुछ जानना चाहती हूँ वीर की प्रॉब्लम क्या है? वो आपके पास फिर से क्यों नहीं आया।"

"जब वीर मेरे पास पहली बार आया तो उसे मुझसे खुलने में बहुत दिक़्क़त हो रही थी वो कुछ बता ही नहीं पा रहा था मैंने दबाव दिया तो उसने थोड़ा बहुत बताया कि सपने में उसे उसके पापा की डेड बॉडी दिखती है जिस कारण वो सो नहीं पाता है और परेशान रहता है।"

"तो फिर क्या कर सकते हैं सर?"

"देखो मुझे लगता है वह अपने पापा को किसी कारण माफ़ नहीं कर पाया। अगर वो दिल से माफ़ कर दे तो शायद उसे उनके बुरे सपने आना बंद आ हो जायेंगे लेकिन ये बिल्कुल आसान नहीं है क्यूँकि एक बार इंसान डिप्रेशन में चले जाये तो उसे पॉज़िटिव चीज़ भी नेगेटिव ही लगने लगती हैं। अगर तुम कुछ करना चाहती हो तो सबसे पहले उसे ख़ुश रखो।"

"ओके सर थैंक यू।"

डॉ. विवेक से बात करने के बाद मीरा को लगा अगर वह वीर को सारे अच्छे मोमेंट्स याद दिलायें तो कुछ हो सकता है। उसने तुरंत पेन-पेपर लिया और लिखने बैठ गयी। इस बार उसने सोचा नहीं लैटर पढ़ने के बाद वीर क्या सोचेगा। वो बस लिखती चली गयी और पूरा होने के बाद अजय के हाथों वो लैटर वीर तक पहुँचवा दिया। जब लैटर वीर के पास पहुँचा तब वीर अपने ही उलझे हुए ख़यालों से निकलने की कोशिश कर रहा था लेकिन नेगेटिव थॉट्स दलदल जैसे होते एक बार उनमें चले जाओ तो वह अपने क़ाबू में नहीं रहते। वीर चाहकर भी उनसे नहीं निकल पा रहा था। लेकिन जैसे ही लैटर आया वह खोलकर पढ़ने लगा।

वीर,

तुमने मुझे लाइफ़ में कई अच्छे मोमेंट्स दिये हैं। जब मैं पहली भोपाल जा रही थी तुमने मुझे ट्रेन में आकर सरप्राइज़ किया था और वहाँ मिलने भी आए थे। और रिज़ल्ट वाले दिन जब उदास थी तो मैजिक शो देखने ले गये थे। वो कितने ख़ूबसूरत दिन थे न वीर। काश वो सब वापस आ सकता। मुझे लगता है वो सब वापस आ सकता है अगर हम कोशिश करें तो। मैं वो सब वापस चाहती

हूँ और उन मोमेंट्स के लिए कुछ भी कर सकती हूँ, क्या तुम नहीं चाहते। वैसे भी कई साल बिना कुछ किये ऐसे ही बीत गये।

तुम्हारी मीरा (इस बार तुम्हारी काटा हुआ नहीं था)

मीरा के इस लैटर ने वीर को अंदर से बहुत थोड़ा-सा पिघला दिया। मीरा ने दो दिन बाद फिर एक लैटर भेजा जिसने गर्म लोहे पर हथोड़े का काम किया। इसके बाद वीर और मीरा धीरे-धीरे रात को फ़ोन पर बात करने लगे। वीर कभी आगे रहकर फ़ोन नहीं करता हमेशा मीरा ही करती थी तो जब ऐसा ही एक दिन दोनों रात को बात कर रहे थे तो मीरा ने वीर से पूछा,

“तुम्हें मैं सबसे सुंदर कब लगी थी?”

“क्या कुछ भी?”

“अरे बताओ तो?”

“नहीं।”

“बताओ न प्लीज़।” मीरा ने बच्चे सी ज़िद करते हुए कहा।

“स्कूल ड्रेस में।” वीर ने धीरे से कहा।

ये सुनकर मीरा की हँसी निकल गयी। मीरा की हँसी सुनकर वीर के होंठ का दायाँ कोना हल्का-सा फैल गया।

अप्रैल

कहते हैं किसी भी आदत को लगने में 21 दिन लगते हैं। वीर को भी रोज़ रात को मीरा से बात करने की आदत तो पड़ ही गयी थी और अब फ़ोन पर मीरा के अलावा वो भी बोलने लगा था। (बार-बार मीरा के ज़ोर पर ही सही, लेकिन बोलने लगा था) मीरा को अब उम्मीद की एक किरण नज़र आने लगी थी। उसे अपना पुराना वीर लौटता दिखायी दे रहा था। वो अब तक उसे एक-दो प्यार भरे लैटर और लिख चुकी थी लेकिन वीर ने किसी भी लैटर के जवाब में कोई लैटर नहीं लिखा था। उसे बार-बार वही दिन याद आता जब उसने देवकी जी से कहा था कि अब वो मीरा से कभी बात नहीं करेगा और अगर देवकी जी को पता चल गया तो मालूम नहीं तब क्या होगा। शायद इसी डर से वो अपने आप को मीरा के क़रीब जाने रोक रहा था। लॉकडाउन में काम कम हो गया था और वीर का सोचना बड़ गया था। मीरा से तो उसकी सिर्फ़ रात को ही बात होती थी बाक़ी समय वो अपने ख़यालों में डूबा हुआ रहता था। ऐसी ही एक शाम अपने कमरे में बैठे वीर की नज़र अपने पापा की तस्वीर पर पड़ी और वहाँ से हटने का नाम ही नहीं ले रही थी। वीर उनकी तस्वीर को देखकर फिर उन बातों में खो गया था।

क्या पापा ने जो क़दम उठाया वह सही था? क्या उन्हें नदी में छलांग मारने के पहले हमारा ख़याल आया? या शायद उस वक़्त वो उठाना उनके लिए ज़रूरी हो गया था अगर ऐसा हैं तो मैं भी तो ऐसी ही सिचुएशन में हूँ माँ को अगर मीरा के बारे में पता चला तो शायद वो ये स्टेप उठा लेगी। और मीरा उसने मुझे इतनी ख़ुशी दी, फिर पहले जैसा बनाने की कोशिश की तो उसे भी कैसे छोड़ सकता हूँ। अब तो बस एक ही रास्ता हैं। वीर ने सर उठाकर पंखे की ओर देखने लगा और लगातार उसे ही देखता रहा। कमरे का दरवाज़ा पहले से ही लगा हुआ था। घूमते पंखे की आवाज़, जिस पर वीर कई बार ग़ौर कर चुका था। अचानक उसे थोड़ी अलग लग रही थी। पूरे शरीर में एक कंपन के साथ अपने माथे पर वीर को हल्का पसीना महसूस हुआ। वह पंखे के नीचे जाकर खड़ा हो गया और सिर ऊपर कर के देखने लगा। वह अपने आप को पंखे पर लटका सभी चीज़ों से मुक्त देख रहा था लेकिन आसपास कोई रस्सी नहीं थी तभी उसे याद आया

cupboard में रस्सी पड़ी है लेकिन वो उस तरफ़ बढ़ता उसके पहले मीरा का फ़ोन आ गया अचानक वीर की तन्द्रा टूटी। मीरा रोज़ 8 बजे फ़ोन करती 8 बज गयी थी। वीर ने अपनी टी-शर्ट से माथे का पसीना पोंछा और फ़ोन लेकर कुर्सी पर बैठ गया।

"क्या कर रहे थे?"

"कुछ नहीं।" बोलते हुए वीर के होंठ काँप गये।

वीर की ऐसी आवाज़ सुनकर मीरा भी चौंक गयी। इतने दिनों में उसने वीर को गुस्से करते हुए कड़क आवाज़ में बात करते हुए देखा था लेकिन ऐसा डर, ऐसी कंपन मीरा को कभी महसूस नहीं हुई।

"नही कुछ नहीं।"

"बताओ वीर क्या हुआ?"

"क्या पापा ने शिप्रा में कूदकर सही फ़ैसला लिया था? मुझे कभी-कभी लगता है नहीं लेकिन कभी लगता है इस दुनिया से लड़ना उतना भी आसान नहीं।"

"दुनिया 2020 में आ गयी लेकिन तुम अभी भी 2016 में जी रहे हो वीर।"

वीर ने कोई जवाब नहीं दिया।

"तुम्हारे मन में क्या चल रहा है? क्या तुम भी ऐसा ही कुछ सोच रहे हो?"

"पता नहीं।" वीर के पता नहीं में "हाँ" साफ़ झलक रहा था।

मीरा को लग रहा था वो वीर को बदलने में कामयाब हो गयी लेकिन वीर की बातों ने उसे आज ग़लत साबित कर दिया था। मीरा को इससे बहुत दुःख पहुँचा, गुस्सा भी आया और आँसू तो जैसे आने ही थे। जब लम्बे समय तक उम्मीद बाँधने के बाद उम्मीद टूटती हैं तो इन्सान भी थोड़ा सा टूट जाता हैं। मीरा भी थोड़ी सी टूट गयी। उसने बिना कुछ कहे फ़ोन रख दिया और फफक-फफक रोने लगी। बहुत देर तक रोने के बाद लगता है जैसे हम सो के उठे हो बहुत भारी मन भी हल्का हो जाता हैं मीरा का भी मन बहुत थोड़ा हल्का हुआ। उसने सबसे पहले फ़ोन देखा लेकिन वीर ने वापस फ़ोन नहीं किया था मीरा को लगा रोने के

कारण वो फ़ोन की आवाज़ नहीं सुन पायी लेकिन उसे अब और गुस्सा आया उसने तुरंत डायरी खोली कुछ लिखा और अजय को फ़ोन कर दिया।

"अजय कहाँ पर हो?"

"घर के पास ही हूँ बताओ कुछ काम था क्या?" असल में अजय थाणे पर था जो घर से 20 मिनट की दूरी पर है।

"हाँ जल्दी आ जाओ।"

अजय अपने दिल की बात मीरा को कई समय से बताना चाहता था उसे लगा जो बात वह कहना चाहता है मीरा भी वही चाहती हैं। वह जितने तेज़ गाड़ी चला सकता था उतनी तेज़ चलाकर 10 मिनट में मीरा के घर पहुँच गया। मीरा दरवाज़े के पास ही खड़ी थी, अजय के घंटी बजाते ही उसने दरवाज़ा खोल दिया।

"मेरा ही इंतज़ार कर रही थी क्या?" अजय ने हँसते हुए कहा।

"हाँ, आओ।" मीरा ने सोफे की तरफ़ इशारा किया।

अजय मन ही मन मुस्कुराते हुए सोफे पर जाकर बैठ गया। मीरा थोड़ी घबरायी हुई लग रही थी। उसके चेहरे को देखकर अजय को यक़ीन हो गया वह सही सोच रहा था।

"तुम भी बैठो। अजय ने सामने वाले छोटे सोफे की तरफ़ इशारा किया।

मीरा ने ना में सिर हिलाते हुए कहा, "अजय मैंने envelope पहुँचाने के लिए तुम्हें कितनी बार परेशान किया न।"

"कोई बात नहीं मीरा, मेरा वही route है।"

"बस ये आख़िरी पार्सल पहुँचा दो, इसके बाद नहीं कहूँगी।" मीरा ने टेबल पर रखा एक पैकेट उठाकर अजय की तरफ़ बढ़ाते हुए कहा।

"क्या बात हैं मीरा तुम उदास लग रही हो।"

"नहीं, कुछ नहीं।"

"मैं कुछ कर सकता हूँ?"

"तुम बस ये पार्सल पहुँचा दो।"

"हम्म।"

अजय ने उस पैकेट को एक थैली में डाला और 20 मिनट में देवकी जी तक पहुँचा दिया। ऐसे तो वीर को रातभर नींद नहीं आती थी लेकिन आज वह 8 बजे ही सो गया। जब देवकी जी ने पार्सल देने के लिए दरवाज़ा खटखटाया तो उसी नींद टूटी। देवकी जी ने बिना कुछ कहे उसे दे दिया। पार्सल पहले के मुक़ाबले थोड़ा भारी था लेकिन फिर वीर समझ गया था यह कैसे आया है उसने तुरंत पार्सल खोला।

एक डायरी थी, जिसके ऊपर एक छोटा-सा कागज़ चिपका हुआ था।

"तुम्हारे जाने के बाद अपने दिल की बात इसी में लिखती रही लेकिन अब तुम चिंता मत करो। तुम्हें अब से फ़ोन कर के परेशान नहीं करा करूँगी। तुम्हारी अमानत तुम ही सँभालो।"

वीर को याद आया जब उसके साथ बहुत बुरा हुआ था तब उसके बाद उसने लिखना बंद कर दिया था। अपनी डायरी उसने आज कई सालों बाद देखी। वह पल देखे जो उसने जीकर इसमें लिखे थे। डायरी ने वीर के चेहरे पर हल्की मुस्कान ला दी। वीर जल्दी-जल्दी आगे पन्ने पलटे और उस पन्ने पर आकर रुक गया जहाँ से राइटिंग बदली हुई लग रही थी।

पन्ने पर ठीक ऊपर तारीख़ लिखी थी- 15/08/12

वीर ने पढ़ना शुरू किया। "वीर जब तुम मेरे घर आये थे और मैंने तुम्हें हाँ कहा था तब मुझे इस बात का एहसास नहीं था कि एक दिन आयेगा जब मेरे लिए तुम्हारे बिना रहना मुश्किल हो जायेगा। क्या तुम मुझसे सच में ज़िन्दगी भर दूर रहोगे? मैं तो इस बात पर बिल्कुल विश्वास नहीं कर पा रही हूँ लेकिन आँसू हैं की रुक ही नहीं रहे। मेरे शरीर का हर वह हिस्सा जिसे तुमने कभी छुआ था वह मानने को ही तैयार नहीं हैं कि तुम उन्हें कभी नहीं सहलाओगे। अब उन्हें तुमसे और प्यार नहीं मिलेगा।"

वीर को वह सारा कुछ याद आने लगा जो उस दिन हुआ था। मीरा का हाथ से खाना, बच्चों जैसे उससे चिपक जाना, उसकी गोदी में फूट-फूटकर रोना और.. देवकी जी से किया वादा। क्या उस दिन उसके पास कोई और रास्ता था। शायद हाँ या शायद ना, लेकिन उस वक़्त माँ की धमकी के आगे वीर को अपना

प्यार क़ुर्बान करना ही ठीक लगा। हालाँकि उसके बाद से वीर पहले जैसा नहीं रहा। वीर ने पन्ना पलटा और आगे पढ़ने लगा। जैसे-जैसे वह पन्ने पलट रहा था उसके मन में बैचनी बढ़ती जा रही थी। कई बार लगता है बीते सालों में जाकर अपना किया ठीक कर दे लेकिन ग़लतियाँ ठीक कर देने से पछतावा ख़त्म हो जाता हैं और हम वैसे ही रह जाते हैं जैसे पहले थे। ख़ैर वीर लगातार आगे पढ़ने लगा लेकिन उसने ऐसा कुछ पढ़ा जिसे उसे एक बार में यक़ीन ही नहीं हुआ उसे दुबारा पढ़ना पढ़ा।

10.01.20

"वीर तुम्हारी माँ मुझसे फिर हमें एक साथ होने की बात कह रही थी। लेकिन अब मैं चीज़ों को पीछे छोड़ने की कोशिश कर रही हूँ इसलिए तुम मेरी ज़िन्दगी में फिर से मत आओ। वैसे भी अब हमारे बीच कुछ नहीं हैं। अब मैं तुमसे प्यार नहीं करती।"

देवकी जी 10 तारीख़ को वीर से झूठ बोलकर उज्जैन गयी थी क्यूँकि उन्हें नहीं पता था वीर कैसे रियेक्ट करेगा इसलिए वह चाहती थी मीरा इस मामले को अपने तरीक़े से हैंडल करे। वीर को पढ़ने के बाद अजीब लगा। चीज़ें जब समझ नहीं आती तो हम उन्हें अजीब कहकर आगे बढ़ जाते हैं वीर को देवकी जी से इस बात का हिसाब तो लेना ही था लेकिन फ़िलहाल डायरी पढ़कर ख़त्म करने की जल्दी थी। मीरा ने आगे पन्नों में वीर से हुई रोज़ की बातचीत के बारे में लिखा था जिसे पढ़कर वीर के चेहरे पर रुक-रुककर हल्की मुस्कान आ रही थी लेकिन आज कुछ था जिसे मीरा ने रोज़ की तरह ब्लू पेन से नहीं, रेड पेन से लिखा था।

21.04.20

"वीर मैं इतने दिनों से कोशिश कर रही थी तुम्हें पहले जैसा करने की, बीच में मुझे कई बार लगा भी कि तुम बदल रहे हो लेकिन तुम कभी नहीं बदल सकते, तुम अंदर से मर चुके हो वीर और अब तो मैं भी तुम्हारे जैसा ही सोचने लगी हूँ। जब मैंने तुमसे बात करने के बाद फ़ोन काँटा तो मेरी नज़र उस चाक़ू पर गयी जिससे मैं रोज़ सब्ज़ी काटती हूँ लेकिन आज उससे मेरा कुछ और करने का मन करा।"

यह पढ़ते ही वीर एकदम घबरा गया, उसने तुरंत फ़ोन उठाकर मीरा को

फ़ोन किया लेकिन कोई जवाब नहीं मिला। उसने दुबारा फ़ोन किया लेकिन फिर भी कोई जवाब नहीं मिला। अब उसके मन में अब बुरे ख़याल आने लगे थे। कान गर्म होकर लाल हो गये। पसीना माथे पर ही नहीं, हथेलियों में भी आने लगा था। देवकी जी दरवाज़े पर खड़ी यह सब देख रही थी। उन्होंने वीर को जाकर गले लगा लिया। (शायद यह बहुत पहले करना चाहिए था) वीर की आँखों ने देवकी जी के पल्लू को थोड़ा भीगा दिया।

"मैं मीरा के पास जाना चाहता हूँ मम्मी।"

देवकी जी कुछ सेकण्ड रुककर कहा, "वो बापट कॉलोनी में रहती है।"

देवकी जी के इतना कहते ही वीर ने तुरंत अपना मास्क लिया, गाड़ी की चाभी उठायी और जितनी और तेज़ गाड़ी भागकर निकल सकता निकल गया। लेकिन तेज़ गाड़ी चलाने का कोई फ़ायदा नहीं था हर चौराहे पर पुलिस खड़ी थी और लोगों को लट्ठ मारकर घर भगा रही थी। barriget देखकर वीर भी रुक गया।

"ऐ पता नहीं क्या लॉकडाउन लगा है।" चौराहे पर खड़े थानेदार ने कहा।

"सर प्लीज़ जाने दीजिए अर्जेंट है।"

"अबे क्या अर्जेंट है तेरा। यहाँ हम लोगों को भगा रहे हैं और तू सड़क पे घूमने निकला है। चल वापस पलट जल्दी से।"

"सर मैं वीर सिंह हूँ। पी.एस. कम्पनी का owner। आप मुझे जाने दीजिए अर्जेंट है।" वीर ने मास्क उतारकर चेहरा दिखाया की कभी थानेदार पहचान ले।

"अरे तू कुछ भी हो निकल यहाँ से।"

थानेदार ने वीर के चेहरे की तरफ़ ध्यान ही नहीं दिया। अँधेरे में वैसे भी उसका चेहरा सही से नहीं दिख रहा था। अब तो वीर के पास अब कोई रास्ता नहीं बचा था। वह गाड़ी धीरे-धीरे पीछे लेने लगा लेकिन अब भी उसकी नज़रें बेरीगेट पर थी। दो बेरीगेट के बिच इतनी जगह थी की एक बाइक आराम से निकल जाये लेकिन उस जगह पर थानेदार खड़ा था। वीर कैसे भी कर के मीरा तक पहुँचना चाहता था। उसने गाड़ी थोड़ी और पीछे ली और हॉर्न बजाते हुए तेज़ी से बेरीगेट की तरफ़ बढ़ गया। पहले तो थानेदार नहीं हटा लेकिन वीर को अपने तरफ़ तेज़ी से नज़दीक आते देख, उसे हटना पड़ा। वीर ने तेज़ी से उन

दो बेरीगेटों के बीच से गाड़ी निकाल ली। वीर के निकलते ही थानेदार ने दो हवलदारों को उसके पीछे लगाकर अपने वाल्की से कण्ट्रोल में सूचना दी। अब तक दूसरे थाणे के दो और हवलदार वीर का पीछे करने लग गये थे लेकिन वीर ने उनको चकमा देकर पीछे छोड़ दिया था। अब वह विजय नगर से होते हुए बापट की तरफ़ जा रहा था। यह सूचना जब अजय को भी मिली और वह तुरंत थाने से निकल गया। वीर विजय नगर के बेरीगेट भी पार कर चुका था। अजय भी अपनी बुलेट भगाकर उसी रोड पर आ गया जिस पर वीर था। पुलिसवाले की गाड़ी पास आते ही वीर ने गाड़ी की रफ़्तार और बढ़ाई।

"रुक लड़के।" अजय ने पीछे आवाज़ लगायी।

"सॉरी सर इमरजेंसी हैं नहीं रुक पाऊँगा।" वीर चिल्लाते हुए आगे निकल गया।

अजय को वीर की बात समझ नहीं आयी वह उसके बराबर पहुँचने की कोशिश करने लगा। थोड़े और आगे पहुँचने के बाद वीर उसी गली में मुड़ गया जिस गली में अजय का घर था। अजय अब भी वीर के पीछे ही था। वीर ने गली के अंत में गाड़ी रोक दी। अजय भी अब वीर तक पहुँच चुका था लेकिन उसे समझ नहीं आ रहा था वीर ने मीरा के घर के सामने गाड़ी क्यों रुकी। उसने वीर का हाथ पकड़कर कहा, "ऐ बदम्तीज़ लडके मेरे साथ थाने चल।"

"सर बस आप मुझे 5 मिनट दे दीजिये। फिर मैं थाने भी चलूँगा और अपनी ग़लती भी मानूँगा।"

अजय ने वीर को कोई जवाब नहीं दिया और उसे ऊपर से नीचे तक उसी तरह देखने लगा जैसे एक पुलिसवाला चोर को देखता है।

"प्लीज़ सर, अर्जेंट है।"

"तुम यहाँ क्यों आए हो?"

"सर मुझे मीरा, मतलब मेरी फ्रेंड से बहुत ज़रूरी काम हैं प्लीज़।"

मीरा का नाम सुनते ही अजय मान गया। इजाज़त मिलते ही वीर तेज़ी से सीढ़ियाँ चढ़ने लगा लेकिन ऊपर चढ़ते वक़्त डर के मारे उसके पैर काँप रहे थे क्या सच में ग़लत क़दम उठा लिया? क्या सच में वीर मीरा से आख़िरी बार बात भी नहीं कर पायेगा। क्या इतने सालों बाद मुलाक़ात अधूरी रह जायेगी? वीर ने

हर्ष जैन

जल्दी से दो-तीन बार घंटी बजायी लेकिन कोई जवाब नहीं मिला। वीर ने गुस्से में दरवाज़े पर लात मारी तो देखा दरवाज़ा खुला हुआ था वह तुरंत अंदर घुस गया।

"मीरा.. मीरा।

वीर ज़ोर से चिल्लाते हुए घर में इधर-उधर ढूँढ़ने लगा लेकिन न तो उसे मीरा की आवाज़ आयी और ना ही वह दिखी। अब तक वीर बाथरूम से लेकर बेडरूम तक सब जगह देख चुका था लेकिन उसे मीरा कही नहीं दिखी। वह हारकर सोफे पर बैठ गया और फूटफूटकर कर रोने लगा तभी उसे दरवाज़े से आते हुए एक स्कूल की बच्ची दिखी जिसने स्कूल यूनिफ़ॉर्म पहन हुई थी और दो चोटी बनायी हुई थीं। जब वीर ने सर उठाकर देखा तो वह चौंक गया। यह मीरा ही थी। वीर की मीरा। उसे देखते ही वीर से रहा नहीं गया वह तुरन्त जाकर मीरा से चिपक गया। मीरा के चेहरे पर मुस्कुराहट आ गयी। उसने भी वीर को कसकर पकड़ लिया।

"तुमने तो मुझे डरा ही दिया था।"

"मैंने तो कुछ नहीं किया।" बोलकर मीरा मुस्कुराने लगी।

"हम्म, अच्छी लग रही हो" वीर ने मीरा को ऊपर से नीचे तक देखते हुए कहा।

"थैंक यू पड़ोस में एक 12th क्लास की बच्ची रहती है। उससे विडियो बनाने के लिए ली। तैयार भी उसी ने किया।" मीरा ने मुस्कुराते हुए कहा।

वीर ने उसे फिर अपनी बाँहों में भर लिया। अब तक 15 मिनट हो चुके थे। अजय अब भी नीचे ही खड़ा था लेकिन अब उसके लिए इंतज़ार करना मुश्किल हो रहा था और फिर कोई अनजान व्यक्ति मीरा के साथ है यह उसे सहन भी नहीं हो रहा था वह तुरंत ऊपर आ गया। दरवाज़ा खुला हुआ था। जैसे ही वह मीरा के फ़्लैट के सामने पहुँचा उसे मीरा वीर की बाँहों में दिखी। अजय बिना शोर किये ही फिर नीचे चला गया। उसके उतरते वक़्त चढ़ाव ने आँसू महसूस किये। वीर ने कई सालों बाद सुकून का मतलब फिर जाना। मीरा की बाँहों ने उसे पहले की तरह ही अपनाया।

शब्दों के मतलब हमारे लिए कुछ सालों बाद बदल जाते हैं। जैसे प्यार, बचपन में लगता था जैसा फ़िल्मों में देखते हैं वैसा ही होता है लेकिन बड़े होते-होते

लगता है प्यार अपने लवर के लिए चाँद-तारे तोड़कर लाने में नहीं बल्कि एक दूसरे से छोटी-छोटी बात शेयर करने में है। एक-दूसरे को छेड़ने में है। बिना मतलब गले लगाने में है और ग़लती न होने पर भी माफ़ी माँगने में है।

हर्ष जैन

दिसम्बर 2020

वीर ने अपने पापा को दिल से माफ़ कर दिया और डिप्रेशन के लिए डॉक्टर से इलाज करवाने लगा। अब मीरा उससे सिर्फ़ रात में ही नहीं दिन में भी बात करती हैं। अब वीर उसके लिए फिर से लैटर लिखने लगा है जिसके जवाब मीरा कभी देती-कभी नहीं देती। वीर ने उमंग से भी माफ़ी माँगी और शादी में न आने का कारण बताया। उमंग ने माफ़ कर दिया और चारों का whatsapp पर ग्रुप बनाया। अब चारों एक-दूसरे को पहले की तरह छेड़ते-बात करते हैं। देवकी जी अब ख़ुश हैं कि उन्हें अपना बेटा फिर से मिल गया। वीर और मीरा ख़ुश है उन्हें अपना प्यार वापस मिल गया था। जमा हुआ इंसान फिर पिघल गया। प्यार ने अपना जादू एक बार फिर दिखा दिया।

जय महाकाल !

9 789390 944651